A ODALISCA E O ELEFANTE

PAULINE ALPHEN

A ODALISCA E O ELEFANTE

O selo jovem da Companhia das Letras

Copyright © 1998 by Pauline Alphen

O selo Seguinte pertence à Editora Schwarcz S.A.

Grafia atualizada segundo o Acordo Ortográfico da Língua Portuguesa de 1990, que entrou em vigor no Brasil em 2009.

CAPA
Angelo Venosa
sobre *As mil e uma noites*, de H. Matisse, 1950.
The Carnegie Museum of Art, Pittsburgh.

PREPARAÇÃO
Denise Pegorim

REVISÃO
Carmen S. da Costa
Ana Paula Castellani

ATUALIZAÇÃO ORTOGRÁFICA
acomte

Dados Internacionais de Catalogação na Publicação (CIP)
(Câmara Brasileira do Livro, SP, Brasil)

Alphen, Pauline
    A odalisca e o elefante / Pauline Alphen. — 1ª ed. — São Paulo
: Seguinte, 2021.

    ISBN 978-85-5534-171-7

    1. Ficção – Literatura infantojuvenil I. Título.

21-72950   CDD-028.5

Índices para catálogo sistemático:
1. Ficção : Literatura infantojuvenil   028.5
2. Ficção : Literatura juvenil   028.5

Cibele Maria Dias – Bibliotecária – CRB-8/9427

[2021]
Todos os direitos desta edição reservados à
EDITORA SCHWARCZ S.A.
Rua Bandeira Paulista, 702, cj. 32
04532-002 — São Paulo — SP
Telefone: (11) 3707-3500
www.seguinte.com.br
contato@seguinte.com.br

/editoraseguinte
@editoraseguinte
Editora Seguinte
editoraseguinteoficial

Para
Maria Helena, porque nenhuma história de amor é impossível
Claude, que me levou à cidade de cúpulas e minaretes
Gabriel, desde o início

Índice

O sultão, *11*
As rosas, *17*
A torre, *20*
O elefante, *23*
Primeiro sonho, *29*
O tempo, *31*
Segundo sonho, *34*
Presente de grego, *37*
A festa, *40*
A amizade, *45*
Sereias e cotovias, *47*
A revelação, *51*
Loucuras grandes e pequenas do sultão, *60*
Tribulações pequenas e grandes do elefante, *62*
Visita e desaparecimento de Sherazade, *64*
A única solução, *69*
O ato, *70*
A transformação, *72*
999 Vidas, *74*

Antes desta história começar, ele perambulava livre por uma longa e esplêndida infância. Nas fantásticas savanas da África, a grande mãe negra, ele nascera branco. Branco e pequenino como só os de sua espécie sabem ser, isto é, pesando mais ou menos 99 quilos.

A vida de Hati, como a de todos os seres pequeninos, era cheia de maravilhas e perigos. E, exatamente como todos os seus primos e irmãos, Hati passou a infância aproveitando as maravilhas e aprendendo a desviar dos perigos. Até aparecerem aqueles estranhos que o levariam ao encontro de seu destino, ele nem sabia que era branco. Naquelas épocas, naquelas negras terras e no fundo, ser ou não ser branco não tinha a menor importância. O que importava era a alegria piscando nos olhos de sua mãe quando tomavam banho de rio, o silêncio povoado da savana, os passeios com seu gigantesco avô...

Porém, uma outra coisa diferenciava Hati de seus amiguinhos e preocupava a mãe dele. Em vez de sonhar com lagos cristalinos ou com suculentos brotos de baobá, em vez de ter pesadelos com tigres e crocodilos, as noites de Hati eram visitadas por imagens incompreensíveis. Quando todos os seus estavam dormindo, gostosamente aninhados uns nos outros, ele acordava aflito como se alguém ou alguma coisa o estivesse chamando. Alongava as magníficas orelhas, afinava o olhar, procurava, procurava... Mas nada havia senão a resplandecente, a preliminar noite africana seguindo seu curso, preparando sua alvorada de girafas e passarinhos.

Afora esses sonhos bizarros, a vida de Hati prosseguia na mais perfeita felicidade. Só que, para alguns, os sonhos acabam sendo mais significativos do que a própria vida...

O Sultão

Era gordo. Era rosa. Era o eunuco mais gordo e rosa de todos os eunucos rosa e gordos, pensava Leila deslizando pelos corredores do harém. "Não façam isso, façam aquilo. Baixem os olhos... Assim, garotas, assim! A mão, a mão! Leve! Discreto o sorriso, sinuosos os quadris...", recitava Leila fugindo do eunuco rosa e gordo encarregado de ensinar-lhe as boas maneiras, a ela e a todas as pequenas futuras odaliscas do harém.

Aprender a profissão de odalisca não é bolinho. Há muitas coisas que uma odalisca que se preza deve saber: cantar, dançar, tocar instrumentos, é claro. Mas também: baixar os olhos na hora certa e levantá-los com ares de antílope espantada ou comer pérolas sem ter indigestão. Deve aprender a contar histórias e adivinhar qual é a história apropriada para este ou aquele humor do Sultão. Por exemplo, se ele está de bigodes caídos, é melhor evitar aquele papo de damas de cabelos como a noite e tez qual marfim, mais valem relatos de batalhas vitoriosas, gênios estupendos, tesouros e terras conquistadas. Já se seus olhos de piche estão bem acesos e sua boca ri sob os bigodes, pode-se arriscar um conto de amor, principalmente se acaba mal. Uma odalisca também deve saber de cor e salteado os inúmeros nomes de seu mestre e senhor, o Sultão (não pode, por exemplo, confundir "Ó Magnânimo Príncipe" com "Vossa Intratável Majestade"). E o mais importante de tudo: uma odalisca deve aprender a mexer o ventre como se mil cobras dentro dele despertassem.

O tal eunuco gordo e rosa era o bambambã da dança do ventre. No caso dele, era "dos ventres", riu Leila, escorregando pelos corredores do harém nas suas babuchas vermelhas.

Foi numa escorregadela mais ousada que ela rolou de cabeça num dos incontáveis tapetes que faziam do harém um labirinto acolchoado e voador. Foi dar de nariz nas babuchas sultanescas. Ela reconheceu logo: eram douradas. Uma mão gordinha cheia de anéis levantou-a gentilmente pelo seu colete amarelo e, quando a viu tão pequena e confusa, tão rubra e despenteada, o Sultão caiu numa de suas formidáveis gargalhadas e agachou-se.

— Ora ora, o que temos aqui?

Leila, recordando as lições do eunucão, baixou os olhos.

— Então, o que é você?

O Opulento sempre perguntava "o que é" e não "quem é". É que ele partia de um princípio muito simples: todos os 3547 moradores do palácio lhe pertenciam. Ele os comprara, os ganhara, os herdara. Eram vizires, corcundas, eunucos, cozinheiros, ministros, cães, soldados, ourives, princesas, passadeiras, poetas, padeiros, arqueiros, cavalos, caravelas, alfaiates, djins dentro ou fora de garrafas, sapateiros, jardineiros, camelos, árvores, escravos, fontes, pássaros etc. Ele já tinha perdido a conta e, a bem da verdade, Sua Equânime Majestade nem sempre sabia diferenciar um vizir de um sapateiro. Uma única coisa era certa: eram todos seus, pertenciam-lhe, estavam ali para seguir, obedecer, servir e adorar, salve salve. E se não dissessem com a prontidão necessária: "Eu escuto e obedeço, ó Príncipe dos Príncipes", ou: "Eu ouço e obedeço, ó Estrela Radiante", ou simplesmente se lhe dava na telha, o Iridescente podia cortar a cabeça deles num piscar de seus olhos de granito. Quanto às 777 mulheres do harém e os eunucos que iam junto, nem se fala.

Quando o Sultão perguntou a Leila o que ela era, ela não soube responder. Nunca tinha pensado em si assim. Leila ainda era uma odalisca muito pequena, mas herdara de seu pai astrônomo a mania infeliz que acabara separando a cabeça paterna do pescoço que era o seu lugar natural: ela pensava um bocado. Não podia evitar: pensava. Sobre tudo, o tempo todo, de várias formas e maneiras. Só que, dessa vez, necas de pitibiriba. Ficou tão perplexa que, esquecida de fingir-se uma panaca de uma antílope, levantou os olhos verdes com pontinhos dourados para a Luz do Oriente e disse:

— Puxa, não sei, nunca pensei nisso.

Sua Insigne Majestade, cujo humor nesse dia era excelente — depois saberemos por quê —, pegou Leila em seu colo cravejado de brilhantes e disse com a boca mexendo debaixo dos bigodes:

— Você deve ser uma aprendiz de odalisca.

Leila pensou: "Isso está na cara, né?", mas conteve-se e disse:

— Isso mesmo, e meu nome é Leila.

O Sultão sorriu já meio distraído, porque no pátio ensolarado passava uma mulher que ele não se lembrava que tinha. Ia colocando Leila no chão quando viu suas orelhas — as de Leila, é claro.

Aqui, o Sultão interrompe seu gesto um instante para falarmos das orelhas de Leila. Como dizer...? Não é fácil, todos os contadores e poetas, todos os bajuladores e cortesãos do sultanato e mesmo além tentaram em vão descrever as orelhas de Leila. Digamos resumidamente que as orelhas de Leila eram a coisa mais adorável, mais diminuta, mais perfeita, mais branca, mais rosa, mais redondinha que se pode imaginar. Elas continham em seu caracol pequenino o desenho do mundo como ele poderia ser, o misterioso ondular do tempo, a delicadeza da fumaça que anuncia a aparição de um gênio bom, a doçura da sesta sob as tamareiras. As orelhas da odalisquinha eram tão lindas que ninguém teve coragem de furá-las. Assim, Leila era, de todo o harém, de todo o palácio, de todo o sultanato, quiçá, o único ser humano desprovido de brincos. Até Sua Vaidade tinha brincos enormes, argolas de ouro mais pesadas que bracelete de mulher, que lhe davam um ar de pirata dourado.

O Sultão viu as orelhas de Leila e sentiu calor, sentiu frio, teve vontade de cantar e de dançar. Dentro do peito uma neblina ardia, suas pernas estavam moles, as mãos suavam e tremiam. E, sobretudo, o Garanhão das Estrelas teve ganas de desmaio. Vontade de desmaio não engana. O Sultão, que não era bobo, logo compreendeu: estava apaixonado.

Apaixonar-se pelas orelhas de sete anos de um esboço de odalisca? Nenhum historiador havia registrado, astrólogo algum anunciara. Sua Intrépida Realeza perdeu o rebolado, atrapalhou-se todo, olhou primeiro para a esquerda, depois para a direita, e fez o que mandava seu desconcertado coração: pôs a menina no chão, virou as costas e saiu correndo, fazendo assim com as mãos gordinhas, como fazemos para afugentar um sonho chato que não queremos sonhar. Claro que não adianta nada, porque sonhos são coisa persistente — mas isso veremos mais tarde.

Leila ficou olhando o Sultão, que se afastava como uma foca assustada, deu de ombros e dois pulinhos, e saiu correndo na direção oposta. Lembrara-se, de repente, que a próxima aula era a aula de contar histórias, dada pela velhíssima Sherazade, tão velhinha tão velhinha que não conseguia recordar todas as 1001 noites e empacava sempre na de número 888. Leila não ligava, porque 888 já era história pra caramba e Sherazade tinha um jeito maravilhoso de contar.

Quando Sherazade contava, quem ouvia se esquecia de tudo, de quem era, do que era, se sentia fome ou sono. Podia a terra tremer ou o nariz coçar, nada importava quando Sherazade contava. Era tão gostoso quanto comer uma tâmara de olhos fechados, ouvindo as fontes do quinto jardim suspenso, aquele das rosas amarelas. Tudo se encaixava, se esclarecia e se turvava, desenhos e melodias surgiam em quem ouvia, dizendo-lhes a diferença entre o que eram e o que acreditavam ser, quando Sherazade contava. Assim pensava Leila enquanto corria e corria para não perder uma só sílaba do conto nº 444, que Sherazade começava a desfiar na sua voz de pássaro, de trovão e de nuvem.

As Rosas

Acontece que o tempo fez o que já então não se cansava de fazer: passou. Passou, passou e passou. O Sultão envelheceu, o eunucão aposentou suas banhas dançantes, Sherazade era um junco tênue e curvo, e sua voz uma revoada de pássaros.

Inevitavelmente, Leila cresceu. Mesmo na antiguidade do tempo e no passado da idade e do momento, já era esse o destino das pequenas odaliscas e de todos os seres pequeninos. Pensando bem, nada mudou tanto assim desde essa época longínqua: o tempo insiste em passar e as odalisquinhas crescem. O que poucas hoje em dia sabem é que há muitas maneiras de crescer. Por exemplo: crescer por fora todo mundo cresce, é moleza. Mas e crescer por dentro? E de dentro para fora, ou mais de um lado do que de outro? E crescer da maneira que a gente está a fim e não como os outros acham que a gente deve? Crescer com harmonia sem crescer demais é um exercício delicado. Exige não somente disciplina e concentração, como também a dose apropriada de distração, fagulhas de riso e de revolta, bocados de brincadeira e a muda fluidez dos sonhos. É tarefa de uma vida.

Leila sabia disso. Sabia que tudo é mutável e está em constante transformação. Aprendera com as rosas amarelas do quinto jardim suspenso. Dia após dia, primavera após inverno, as rosas fechavam-se e abriam-se, exalando seu perfume, indiferentes e soberanas. As rosas não falam, mas Leila aprendeu. Aprendeu que, se pareciam iguais, eram a cada dia diferentes. Diferentes de si mesmas e umas das outras. Assim como duas gotas diferem para formar o mesmo orvalho. Assim como as pessoas podem ter aparências diversas e corações parecidos, e vice-versa. Com as rosas amarelas do quinto jardim suspenso, Leila entendeu que para conhecer era preciso olhar de pertinho, com os olhos de dentro e sem pressa.

Já deu para perceber que ela não tinha perdido a mania de pensar que havia herdado de seu descabeçado pai. Podemos até dizer que a coisa tinha piorado. Na bagunça reclusa do harém, onde as mulheres iam e vinham sem parar, onde pululavam minúsculos príncipes e princesas, pérolas, tapetes e quartos, jardins e hamãs, as pessoas tinham mais o que fazer do que controlar se uma pequena odalisca cabulava as aulas de dança do ventre. Por isso Leila tinha muito tempo para desvendar o labirinto onde nascera e contemplar o abre-fecha das rosas amarelas, muito muito tempo para ouvir mais de 1001 vezes as 888 noites de Sherazade, muito muito muito tempo para escutar as nuvens correrem no céu e ver o vento voar nas tamareiras.

A Torre

Um dia entre os dias, numa manhã de sol e vento, investigando o labiríntico harém, a odalisquinha descobriu uma porta que nunca tinha visto. A porta era velha e reclamou quando Leila fez força para entrar. Lá dentro, o escuro era frio e o silêncio medonho. Ao ouvir passos se aproximando, Leila fechou a porta e saiu dali como quem não quer nada.

No dia seguinte, numa tarde de vento e sol, quando até as escravas cochilavam enquanto espantavam as moscas da mulherada adormecida, ela voltou com um xale para o frio e, para o escuro, uma lamparina a óleo digna de confiança — isto é, cheia de óleo e não de gênio peludo. Para o medo, ela escolheu uma de suas canções preferidas e foi cantarolando enquanto subia os degraus, pois a porta dava diretamente numa escada, uma escada em caracol que não parava de subir. Leila já tinha cantado a música 33 vezes quando viu uma luz no fim da escada. Outra porta, pequena e oval. Leila encostou a mão. A porta era de uma madeira quentinha e não deu um pio quando a menina empurrou.

O pequeno aposento era uma concha, um ninho, uma caverna. Parecia pequeno, mas era infinito, parecia novo e muito antigo. As paredes, o teto e o chão eram de madeira trabalhada, muitas madeiras de várias cores, encaixadas umas nas outras, formando desenhos que mais tarde Leila soube ser os desenhos do mundo como ele é. As paredes côncavas estavam cobertas de livros e pergaminhos, desenhos, pincéis e tintas, mapas-múndi, objetos estranhos e instrumentos que ela logo reconheceu, porque eram os mesmos que seu pai usava quando namorava as estrelas. Tudo isso banhava numa luz, ora doce, ora forte, ora dourada, ora transparente, segundo o humor do dia e a forma das janelas e vitrais encravados entre as estantes. O quarto flutuava num permanente sussurro aquático que lhe dava ares de navio.

Atrás de Leila a porta fechou-se devagar. A menina suspirou profundamente: aquele lugar provocava muitos sentimentos embolados dentro dela. Evocava um mar quentinho e escuro de um tempo antes da memória. Lembrou-lhe seu pai, com sua cabeça no lugar, fingindo não perceber que ela se escondia nas mangas de suas largas vestes de astrônomo para tirar uma casquinha de seu namoro com as estrelas. E lembrou-lhe também lembranças futuras, que por serem futuras não podem ser descritas no tempo de agora.

A pequena odalisca dirigiu-se para a janela maior, coroada de hera, onde pássaros minúsculos, cujas asas batiam mais rápido que o coração de Leila, tinham feito seus ninhos. A janela abriu-se sozinha e Leila viu. Viu que o harém era um emaranhado de jardins, fontes, árvores, frutos, pássaros e mulheres, aconchegado no abraço dos muros do palácio. Que o palácio era protegido pelas muralhas da cidade onde cantavam mil minaretes e cujas cúpulas cintilavam sob o sol. Que a cidade estava num país azul de montanhas e lagos. E que, em toda parte, circundava o deserto, o móvel, absoluto, enigmático e ventoso deserto. E lá, no mais longe dos longes, Leila viu o mar verde com pontinhos dourados que são as cócegas que faz o sol brincando nele. Pela ogiva da janela da torre, Leila viu o mundo e, surpresa, adormeceu ao som fluido da luz do poente.

O Elefante

Vamos aproveitar que a odalisquinha está dormindo para cumprir uma promessa. Lembram que ficamos de contar por que o Sultão, quando encontrou Leila nos corredores do harém, estava tão satisfeito da vida? A verdade é que Sua Sorumbática Majestade era mais do tipo mal-humorado. Todos os seus súditos sabiam que, pela manhã, era melhor não falar com ele, que saía exausto de mais uma noite de insônia, e que de noite era preferível evitá-lo, pois se dirigia, macambúzio, para mais um período de vigília. Durante o dia, o Merencório tinha muitas razões para se chatear e, ademais, tinha que manter sua fama de mau. A fama e a insônia eram hereditárias, coisas que se adquirem sem esforço nem querer, juntamente com palácios e o tamanho do nariz. Quando ainda não passava de um sultãozinho mijão, um instrutor especial vinha ensinar-lhe a moldar seu perfil azeviche, a franzir o cenho e a erguer a sobrancelha esquerda com uma expressão medonha que espalhava mulheres e eunucos aos quatro ventos. Suas gargalhadas tonitruantes eram mais raras que eclipse total. Só tinha uma coisa que era batata: presentes. O Sultão adorava receber presentes ou OVNIS (Objetiva Valorização de minha Natureza Incomparável), como ele os chamava modestamente. Diariamente, chegavam mensageiros a cavalo, de camelo, à paisana ou de navio, trazendo OVNIS para o Sultão. Eles eram depositados em vastíssimos aposentos cuja entrada estava proibida a qualquer outro ser humano que não fosse Sua Generosa Alteza. Um eunuco feroz, cimitarra entre os dentes, guardava a porta de cada sala, e ai de quem se atrevesse.

No dia do encontro com Leila, o Sultão andava saltitante pelos corredores do palácio porque tinha recebido um presente que o deixara muito feliz. O Tirano das Ilhas Gregas mandara-lhe um elefante. O presente vinha acompanhado de uma cartinha que dizia:

Ó Sultanesco Sultão, Comandante dos Crentes,
Grande entre os Grandes e et cetera.
Que seu Deus Único o mantenha em vigorosa saúde
e lhe dê longa vida, farto bigode e coisa e tal.
Rogo-lhe que aceite este presentinho que trouxe pessoalmente
de minha última odisseia pelas pródigas savanas da África.
Faço votos indescritíveis para que ele lhe seja propício.
Sem mais bafafá, aqui me despeço.
Assinado: Creteu, Rei dos Gregos e Troianos

Elefantes são seres cujo inestimável valor é infelizmente pouco reconhecido hoje em dia. Naqueles tempos mais sábios, porém, qualquer aprendiz de odalisca louvava a sabedoria e a inteligência do elefante e nenhum eunuco mirim ignorava que até o tigre comedor de gente se rendia à sua força e valentia.

Evidentemente, o Abastado Sultão tinha elefantes às pencas, porém nenhum se comparava a este. Este era o mais raro, o mais surpreendente dos paquidermes: era um elefante branco. Branco? Sim, branco. Branco como o leite, branco como a neve, as nuvens, a tez da manhã, como o branco do olho e do ovo, como a mais branca das escravas ou das pérolas. Branco como um elefante branco, pronto. Era mesmo um presente e tanto. O Sultão ficou até desconfiado. Mandou chamar seus quiromantes, onfalomantes, onicomantes e oniromantes e perguntou-lhes se havia algum caroço naquele angu.

Os magos consultaram seus apropriados instrumentos de adivinhação. Os quiromantes leram as linhas das patas do elefante, os onicomantes untaram suas unhas de azeite e fuligem e examinaram os desenhos que se formavam, os onfalomantes contaram os nós dos umbigos dos recém-nascidos e os oniromantes questionaram o Sultão: tinha sonhado que matava o pai e casava com a mãe? Que era uma borboleta que era um homem que era uma borboleta? Com o número 12? Que incomodava muita gente? O Sultão respondeu "não" a todas as perguntas e os magos concluíram que não havia nada errado com aquele OVNI. Então, para convencer e adular Sua Crédula Majestade, contaram-lhe a seguinte história:

25

— Pois imagine, Excelso Príncipe, que, reza a lenda, o Bem-Aventurado Buda, em sua penúltima encarnação, era Vessantara, filho de um grande rei cujo assombroso poder vinha de um elefante miraculoso que lhe concedia tudo o que desejava... O que disse? Ó sim, esmeraldas e diamantes também... Mulheres? Claro, rios, pilhas, hordas, batalhões de mulheres. E eunucos, tapetes, anéis, bigodes... Bem, onde estávamos? Conforme Sua Sapiência bem sabe, o Grande Buda é venerado por muitos e muitos povos em países não tão longínquos do Incomparável Sultanato. Pois corre à boca pequena que, em sua última encarnação, justo antes de tornar-se ínfima partícula do Grande Todo, Buda nasceu sob o nome de Gautama. E pasme, Estafermo Sultão, Gautama nasceu de uma virgem por intermédio da sagrada tromba de um elefante! E embasbaque-se, Atônita Majestade, tratava-se de um elefante branco como este que temos aqui! A coisa se deu da seguinte forma: lá estava a rainha Maya, a mais bela das mulheres, vivendo alegremente no jejum, na austeridade e na castidade quando, numa noite quente de verão e lua cheia, teve um sonho. Ela sonha que é transportada para um magnífico palácio, nos cimos do Himalaia. Um elefante branco como a prata desce então das montanhas, entra em seu quarto e se prosterna perante Maya. Em sua tromba, ele carrega um lótus branco. Pois não é que nove meses depois, sem dor nem sofrimento, a bela rainha deu à luz um menino que já andava e falava? Este menino era Gautama, o Iluminado e Sorridente Buda.

Após ouvir essa história, a primeira ideia que passou pelo turbante do Sultão foi dar um nome ao elefante. Na verdade, Sua Ofuscada Eminência estava impressionada, e dar-lhe um nome era um modo de tornar aquele lendário animal, digamos, mais "palpável". Pensou em singelezas como "Símbolo do Poder e Prestígio de Minha Opulência" ou em sutilezas como "Lindão". Nada era adequado. Qualquer apelação soava ridícula perante a soberba presença do elefante. Ele transbordava todos os nomes, humilhava todos os adjetivos. Era elefante. O elefante. Era Hati, como se diz na sensata língua daquele país.

A segunda preocupação do Sultão foi esconder o elefante como fazia com seus tesouros. Primeiro, o Ganancioso trancara o marmóreo animal na maior das salas dos presentes. Não deu certo, Hati não era um OVNI qualquer. Começou a se balançar para passar o tempo e cada pisada de seus elefantescos pés fazia estremecer a cama do Sultão, cujos aposentos ficavam no andar de cima. O Avarento então escondeu o elefante branco no jardim mais afastado e mandou instalar, especialmente para ele, uma sucessão de cascatas e uma plantação de baobás. O Sultão sempre achava que bastava dar um monte de trecos mais ou menos preciosos a alguém para que esta pessoa gostasse dele. Era um monarca poderosíssimo, mas, decididamente, não entendia nadinha de amor.

Exatamente quando a odalisquinha adormeceu na torre, ele, que sabia do mundo os balanços mais secretos, que nas dobras de sua memória imensa trazia intermináveis banhos de rio, também adormeceu. E, dormindo, Hati sonhou.

Primeiro Sonho

Sonhou com um homem de olhos vendados, atado ao mastro de um navio, vogando para um lugar onde alguém já estava cansada de esperar.

O homem era valente e vinha exausto de uma longa viagem.

Atrás do pano sujo, os olhos astutos estavam repletos de prodígios e de mortes.

Os ouvidos esperando por mais um encantamento, o coração ansioso por mais um perigo, lá estava ele mais uma vez, apostando no impossível.

Enquanto ele brincava com cavalos de madeira, ela administrava sua ilha, cuidava do pai, das cabras e das vinhas dele.

Enquanto ele inventava uma mentira atrás da outra e vivia suas ilusões, ela fiava, confiava, acreditava e criava seu filho.

Hati acordou muito intrigado. Um arrepio percorreu-lhe a tromba. Aquele era um de seus velhos sonhos de infância. Só que estava muito mais nítido e preciso.

Hati podia sentir o cheiro salgado da pele morena do homem e o cansaço em seus membros. Mais do que tudo, o elefante sentia a longa saudade do homem.

Saudade de alguém que, obstinada, tece lentos, infinitos novelos, na espessura das noites a ele destinadas.

Alguém que espera, aguarda e desfaz à luz do dia, disfarça, nega e recomeça.

Hati sentia vergonha também, mentiras e mortes pesavam mais que o ouro nos porões do navio. Sim, ela o esperava, e nessa esperança rechaçava pretendentes. Ele já tinha demorado demais.

O Tempo

O tempo que nunca desiste continuou a passar. Passou tanto que passou de novo pelo mesmo lugar e encontrou Leila na torre, junto à janela, mergulhada num livro vermelho. Vendo-a tão parada, uma nuvem de pássaros minúsculos brincava de tobogã nas ondas perfumadas de seus cabelos negros. A essa altura da História, o tempo era bem mais menino. Ainda não era essa coisa séria e apressada que conhecemos. Estava sempre vadiando, só se metia em confusões e gostava mesmo, convenhamos, era de bagunça. Era um tempo um tanto quanto irresponsável. E muito mais engraçado.

O tempo, então, que passava por ali como costuma fazer por todos os lugares, deu uma paradinha para espiar. Estava tudo tão quieto, a voz de Leila era tão doce, seus cabelos tao cacheados, tão aconchegante e redondo o quarto na torre, que o tempo esqueceu de respirar. Ele era menino, mas já sabia que, se fizesse o que tinha que fazer — passar —, tudo isso, cedo ou tarde, estaria acabado, apagado, perdido numa de suas curvas imensas. E depois, para reencontrar esse momento, para recordar como era exatamente, daria um trabalho danado. Ele já podia ouvir seu pai, o céu, e sua mãe, a terra, explicando que isso não importava, que dali para a frente haveria inúmeras meninas de cabelos dourados ou vermelhos lendo livros azuis ou verdes. Como sempre, tentariam convencê-lo a se livrar desses detalhes, argumentando que tudo se repetia sempre, se repetia, se repetia... Um tédio! Foi então que o tempo, para quem essas repetições ainda não tinham a menor graça, resolveu que, para variar um pouco e chatear seus pais, por ali não passaria mais. Nunca mais.

Leila, que não vira o tempo passando na janela, nunca soube por que subitamente os diminutos pássaros alçaram em um tom suas canções, a poeira sumiu dos livros para não mais voltar e o quarto singrou mais lento águas mais transparentes.

Essa paradinha do tempo, que endoidou os magos e os astrônomos do palácio, teve consequências incríveis no sultanato e na terra em geral. Crianças esqueceram-se de sair do ventre da mãe e ali ficaram boiando no quentinho, os derviches bailarinos não pararam nunca mais de girar, o sol e a lua se atrapalharam, e o que não podia acontecer aconteceu: pela primeira vez desde sempre eles se encararam. O sol sentiu frio, a lua sentiu calor. Em suma, apaixonaram-se perdidamente e foi uma grande confusão. Mas isso é história de outra história.

Nessa paradinha do tempo, dizíamos, Leila explorou o quarto da torre. Nessa paradinha do tempo, ela leu os livros que falavam das coisas, dos bichos e dos homens, das florestas e do mar. Soube o nome de todas as estrelas e ouviu o tumulto dos astros. Aprendeu a diferença entre o ciclo solar e o ciclo lunar. O ciclo solar dos homens da terra e dos sedentários que fincam suas casas no mais profundo do chão, aquele que diz quando devem casar suas árvores, cortar a cana ou colher a uva. O ciclo lunar dos viajantes e dos nômades, todos aqueles que vão pelos caminhos, pelas solidões, os desertos e o abismo dos mares. O ciclo que conta quando devem casar suas filhas, adestrar seus cavalos, içar as velas.

Pela janela do mundo, Leila via os campos passarem do verde para o amarelo, do amarelo para o púrpura, e desfilarem as caravanas. Olhava os que iam, os que ficavam, os que nasciam, os que morriam — o que não passa de um jeito mais longe de ir e vir. Nos dias de chuva, olhando a luz batendo na trama trabalhada do incrível chão da torre, treinava demoradamente para desenhar o mundo como ele é. Até que descobriu que muito mais divertido era desenhar o mundo como ele poderia ser, apagar tudo e recomeçar. E muitas outras coisas Leila fez, pensou e sentiu nessa paradinha do tempo. Para quem olhava distraído, Leila apenas crescia.

Segundo Sonho

Para o elefante no jardim, o tempo também passava e ele crescia. Os elefantes têm isto de particular: nunca param de crescer. Quanto mais velhos, mais sábios e maiores ficam. Porém, uma coisa curiosa acontecia com Hati: quanto mais crescia e se tornava parecido com seu avô, mais lhe vinham recordações da infância. Toda ela estava ligada àquele fantástico ancestral, Elephas Maximus, o Mamute para os íntimos. Era ele que o levava, aninhado em suas formidáveis defesas, para intermináveis passeios de exploração e descoberta. Com paciência e amor, ensinava ao elefantinho as três regras básicas da sobrevivência: orientar-se na indecifrável savana; encontrar os pontos d'água para matar a sede e banhar-se; evitar os inimigos hereditários de sua espécie — o tigre altivo e o mandibulesco crocodilo — e vencê-los quando necessário.

Os jardins do Sultão eram muito bonitos, mas, para quem estava acostumado ao infinito das planícies descampadas, não passavam de um outro tipo de prisão. Nos jardins daquele Gordinho não havia tigres nem crocodilos, e Hati já estava começando a enjoar de baobá, a se chatear com os escravos, que tinham ordens expressas para não deixá-lo se sujar. Ora, não é preciso ser elefante para saber que não há nada melhor do que cair na lama para depois tomar uma boa ducha. Elefantes são seres capazes de grande paciência, mas também de fúrias fulminantes. Hati só não estava mais irritado porque viajava por suas recordações e seus sonhos o transportavam para lugares desconhecidos de onde voltava mais claro e preciso. Lembrar tanta lembrança demora e entorpece. Ele adormeceu e sonhou.

Sonhou com um homem irado que dirigia um carro puxado por dois cavalos.

Havia gritos, chamas, fulgor de armas e o vulto da mulher mais bela do mundo.

O homem ia no lugar de alguém. Alguém que numa tenda à beira-mar chorava.

Hati ouviu os gritos do homem e soube que chorava a morte do mais que amigo que tomara seu lugar.

Nada nem ninguém o substituiria.

Nenhuma mulher, glória ou butim.

Vingança alguma, por mais infame, apaziguaria a dor daquela perda.

Tudo era vão sem aquele ombro contra seu ombro.

Hati despertou com frio sob o sol do meio-dia. A saudade como um punhal. Sentia falta de alguém que não conhecia, alguém proibido, alguém que talvez não reconhecesse. Alguém que sempre estivera ao seu lado, por quem morreria. Esse era o segundo sonho.

Presente de Grego

Uma noite entre as noites, o harém agitou-se mais do que de costume. As mulheres corriam para cá e para lá, os eunucos corriam para lá e para cá, todos gritavam e falavam ao mesmo tempo. Véus, tiaras e babuchas, linhas e dedais voavam para todos os lados, havia filas quilométricas para os espelhos e, para completar, em seus berços de ouro e prata os minúsculos príncipes e princesas abriram o berreiro ao mesmo tempo. A lua cheia arrombava o céu, as estrelas estavam a postos, os sapos papeavam, as fontes corriam. O harém era um tontear de perfumes, de sorrisos, de cabelos de todas as cores, de mulheres de todas as formas.

Leila olhava para tudo isso e não entendia nada. Se tinha uma coisa que Leila não gostava era de não entender alguma coisa. Por isso, quando sua amiga Fátima passou correndo, ela a interceptou pela ponta do cinto vermelho.

— Como assim "o que está acontecendo"? Leila, você esqueceu? Hoje é a noite da festa de apresentação! Você tem que se banhar com os 7 sais, vestir os 7 véus, dar 700 escovadas nos cabelos, pintar os olhos, perfumar os 7 orifícios e pedir a Alá que a ajude a agradar nosso mestre e senhor, o Sultão!

Enquanto subia para a torre, escapando de tamanha algazarra, Leila se lembrou. Aquela era a noite em que as odaliscas adolescentes deviam ser apresentadas ao Sultão perante toda a corte. Estavam se preparando há meses. Afinal, tinham sido criadas para aquela ocasião. A festa era a coroação de tantas horas passadas com eunucos mais ou menos gordos, mais ou menos rosa e sempre meio chatos; a conclusão de tanta bronca e puxar de cabelo na hora de decorar as centenas de coisas que sabe-se lá quem resolveu que uma odalisca deve saber.

Ia ser uma festa de arromba, com muitos comes e bebes, magia, acrobacia, dança e música. Como uma lembrança puxa outra, Leila lembrou também que naquele dia fazia quinze anos. E, como sempre, desandou a pensar. Pensou no tempo brincando de gangorra, pensou no pai, cujo rosto era uma carícia imprecisa da memória, pensou que agora era adulta... Soou estranho, pensou de novo "adulta adulta adulta", olhou para suas babuchas vermelhas e achou tudo muito esquisito. Pensar tanto pensamento demora e entorpece. Leila adormeceu ao pulsar surdo dos tambores que chamavam para a festa.

Também haviam preparado o belo elefante para a festa. Sua Discreta Majestade queria chegar montado no elefante branco, qual cereja num bolo de noiva. Distraído, o fabuloso animal se deixara enfeitar com sedas, brocados e sininhos. Estava passeando por suas lembranças, revendo a elegância das árvores de seu país, a riqueza de suas orquídeas. Quando recordou a irrepreensível sobriedade de seu avô Elephas Maximus, sacudiu-se para se livrar dos enfeites e, ao se sacudir, livrou-se também do Sultão, que o estava escalando naquele momento. O Incomensurável degringolou num tilintar de diamantes. Levantou-se tiririca e já erguia o punho quando cruzou o olhar de Hati. A mão do Pusilânime foi abaixando devagar até encontrar a cabeça providencial do pobre eunuco que lhe tinha servido de escadinha. O eunuco gritou "ulalá" esfregando a cabeça e deu a outra face. O Indômito Sultão olhou para a direita, depois para a esquerda e, não havendo outra testemunha de sua covardia, empertigou-se e deixou o jardim resmungando: "Elefantes brancos, pfff! Presente de grego...".

Quando Leila acordou, já era tarde para preparativos demorados. Olhou-se nos vitrais coloridos do quarto da torre, balançou a cabeça para fazer ondas nos cabelos, mordeu os lábios para ficarem mais vermelhos, deu de ombros e dois pulinhos, e desceu a escada da torre escorregando pelo corrimão.

A Festa

A sala das festas era tão grande tão grande tão alta tão alta que quem estava numa ponta não via quem estava na outra e quem estava no chão não enxergava quem estava no teto. No chão, os escravos deitaram os mais espessos tapetes, e por cima dos tapetes entornaram milhares de pétalas. No teto, os artistas pintaram as batalhas e os amores do Sultão e de seus antepassados. Vestiram as delgadas colunas com sedas coloridas. As águas que borbulhavam nas fontes eram de flor de laranjeira.

Tudo é divino e maravilhoso, pensavam os vizires, emires, cãs, califas e outros paxás, e principalmente os embaixadores estrangeiros, que nunca tinham visto tanta prata e tanto ouro, tantas tâmaras, amêndoas, pistaches, limões, cravo e canela, e doces, e geleias, e todas as coisas deliciosas que, nas imensas cozinhas, cozinheiras e cozinheiros cozinhavam.

Primeiro os convidados saudaram-se e elogiaram--se, conversaram e criticaram-se, praticando um esporte em voga desde esses tempos de outrora e que podemos resumir sob o termo genérico *fofoca*. Depois, comeram e beberam à saciedade, e quando cada canto de suas incansáveis panças estava bem cheinho, encantaram o espírito e amaciaram a alma com o ritmo das melodias e a graça das bailarinas. Então Sua Farta Majestade deu sinal para que começasse a cerimônia de apresentação.

Já na antiguidade dos séculos e do instante, cerimônias eram uma coisa aborrecida, com muito blá-blá-blá, reverências e sorrisos de dentes — que não são sorrisos de olhos. Depois de duas horas desses salamaleques, Leila começou a pensar que se ela fosse embora de fininho ninguém perceberia. Havia dezenas de odaliscas, cada uma mais bonita do que a outra, com todas as gordurinhas no lugar, pois era como os homens gostavam das mulheres naqueles tempos fabulosos. Todas falavam, davam risinhos e lançavam olhares de antílope para o Sultão, que bocejava no seu divã. Leila olhou para o próprio umbigo e percebeu que ela não era exatamente o que se esperava de uma odalisca criada no harém sultanesco. Pensou um pouquinho e entendeu que ainda por cima não tinha vontade de ser o-que-se-espera-de-uma-etc. Sentiu um escuro no estômago e uma vontade de sair correndo como uma foca para mergulhar num livro bem grande no silêncio marítimo da torre.

As odaliscas eram apresentadas uma a uma pelo Grão-Vizir, que declinava o nome, a genealogia e as qualidades da moça. Então a odalisca avançava para o meio da sala e fazia o que melhor sabia fazer. Essa era a teoria. Na prática, todas faziam o que o Sultão mais gostava que fizessem: dançavam a dança do ventre, cada qual se esforçando para despertar mais cobras do que a precedente.

Leila detesta cobras. Porém, já não pode fugir, aproxima-se sua vez. O Grão-Vizir vira-se para ela e, com um gesto solene, declara:

— E aqui, poderosos senhores e graciosas damas, aqui, ó Linha Celeste do Horizonte, ó Rei Fortunoso, ó Dotado de Ideias Justas e Acertadas, aqui temos...

Quem? O Grão-Vizir percorre seu pergaminho matutando: "Quem diabos é aquela adolescente corada e despenteada? Tss tss, muito magra para uma odalisca. Não me lembro de ter visto aqueles olhos verdes e dourados antes...". O Grão-Vizir procura e procura na memória, no pergaminho, no teto da sala, nos olhos de Leila e, desesperado, procura até nas dobras de seu turbante. Sua Suprema Majestade, interrogativa, ergue a sobrancelha esquerda.

Ao ver o Grão-Vizir tão desorientado, Leila, com pena e esquecendo-se de pensar, avança para o Sultão intrigado. Então, na sala das festas subitamente silenciosa, sob o bruxuleio das 555 tochas e candelabros, Leila diz:

— Meu nome é Leila. Já nos encontramos uma vez.

Todos os presentes suspendem a respiração. Dirigir a palavra à Sua Loquaz Majestade sem por ela ser convidado! E ainda por cima nesse tom! Temendo a cólera do Impassível, as mulheres escondem a face nos véus, os homens coçam os bigodes.

— Mas suas babuchas eram douradas e não prateadas como hoje.

Sob o impacto da recordação, Leila balança a cabeça e suas orelhas aparecem.

Quando o Inalterável sentiu aquela boa e velha vontade de desmaiar, lembrou-se de tudo e entendeu que não se pode fugir eternamente das armadilhas tecidas pelo destino, que não tem mais o que fazer. Dessa vez não dava para sair correndo. Fez sinal para que a odalisquinha se aproximasse e ordenou que levantasse os cabelos, que lhe caíam em ondas sobre os ombros. Leila obedeceu e o Sultão murmurou: "Alá me perdoe por ter tentado escapar a seus divinos desatinos". As mulheres disseram "Ó!", os homens disseram "Ah...", e todos sentiram a alma fugindo-lhes pelo dedinho do pé diante de tão delicada perfeição.

Emergindo então de suas almofadas qual um submarino amarelo, o Príncipe dos Príncipes toma a mão de Leila e decreta em alto e bom som que ali estão as mais belas orelhas da Criação. Silêncio retumbante. Ninguém se mexe, até os escravos interrompem seus vaivéns. É como se centenas de embaixadores, vizires, ministros, príncipes e princesas subitamente resolvessem brincar de estátua. Sua Intempestiva Majestade, animadinha, franze o cenho terrível e desafia todos os embaixadores presentes, passados e futuros a dizer o contrário. Dos passados e futuros a história não conta, mas é certo que entre os presentes nenhum se atreveu e todos se apressaram em prometer, jurar e cuspir, gritando de uma só voz temerosa: "Acataremos teu ato, Ó Benevolente Sultão!".

Satisfeita, Sua Fulminante Majestade decreta ainda que doravante todos os seres humanos, minerais, vegetais e animais estão proibidos de olhar as orelhas de Leila sem sua permissão — dele, Sultão — e que aquele que ousar tocá-las, ainda que com a imaginação, verá sua cabeça rolar. Dito isso, o Sultão levanta-se e, perante a assembleia maravilhada no limite do maravilhamento, dança a dança do ventre para Leila.

A Amizade

A festa de apresentação foi o início de uma grande amizade. Uma amizade diferente da amizade quentinha que Leila tinha com Fátima, feita de risos e sonhos, descobertas e dúvidas sobre essa vida que aprendiam a viver ao mesmo tempo. Afinal, não podia atirar-se sobre Sua Magnificência para matá-la de cócegas nem pedir seu colete emprestado.

O Sultão, que sofria da insônia herdada de seu tataravô — aquele mesmo com quem Sherazade passou 1001 noites inventando um conto atrás do outro —, vinha visitar Leila na torre, ouvir suas histórias e meditar sobre os mistérios do universo olhando suas orelhas que eram o desenho do mundo como ele poderia ser. O Sultão gostava de Leila, que não tinha medo dele e era tão bonita que olhar para ela era como galopar, devagar, numa floresta, de manhãzinha — e muito menos cansativo. Leila gostava do Sultão, que respondia a todas as suas perguntas, chorava com suas histórias e a fazia rir quando imitava seu arquiinimigo, o Cã dos Cãs, ou fazia mímicas de pirata, pirâmide, unicórnio, bárbaros do Ocidente e outros bichos que Leila não podia ver pela janela da torre. Um dia ele lhe trouxe um livro diferente, um livro que colocava lado a lado as mesmas palavras em árabe, hebraico, latim, grego e muitas outras línguas. Com esse livro mágico, todos os livros da torre puderam falar. E as coisas que eles contavam, os homens, animais e universos que revelavam vieram ampliar e colorir mais e mais as histórias que Leila inventava para o Sultão.

E tudo ia assim muito bem obrigado. Passeando pelos jardins do harém, o Sultão e Leila eram amigos, eram felizes e nem sabiam. Até que...

Sereias e Cotovias

Um dia entre os dias, numa tarde de silêncio e nuvens, Leila em sua torre olhava pela janela do mundo. Era um dia imóvel, aquele. Mal se viam os minaretes comidos pelas nuvens. As cúpulas reluziam preguiçosamente na bruma com cheiro de mar. Leila não conseguia ler, sentia-se vaga, com saudades do futuro. Os pássaros dormiam em seu cabelo, o Sultão caçava tigres de bengala. Do alto da torre, o harém era um segredo trancado a sete chaves.

No jardim, o elefante sonhava seu terceiro sonho.
Nele, observava um menino que vinha voando em sua direção.
Queria avisá-lo, dizer lhe que não viesse, que cairia no mar.
Mas nenhuma palavra saía de sua boca e o menino subia, subia...
Hati acordou tonto e cego.

Dentro dele ardia o implacável sol de sua infância.

A saudade como um lençol cobrindo todas as coisas.

Onde estavam os banhos de rio, os galopes na planície, a profunda orquestra da manada? Precisava liberar-se dessa prisão disfarçada de príncipes e brocados.

Precisava agir.

Alguém o esperava.

Chamou...

Foi como se um gênio soprasse na maior concha do mundo ou como todos os ventos engolfando-se ao mesmo tempo na mesma garrafa. O som que saiu da tromba de Hati varou Leila, que cambaleou e segurou-se à janela para não cair. O que era aquilo? O que era? Soava como um apelo, uma reminiscência, um pedido, uma ordem doce. Que sensação singular, como se dentro dela corressem rios, entornassem lagos... O olhar de Leila deixou o mar, sobrevoou os minaretes, resvalou pelas cúpulas e passou as muralhas do palácio, buscando o berrante, o clarim, a concha. Procurando...

Em alto relevo na neblina, ele então surgiu. Rompendo para sempre toda imobilidade. Preciso e real. Balançando-se como a rede quando a brisa vem do mar, erguendo a tromba como um mastro branco. Sim, branco, branco! Branco como a ausência e a soma de todas as cores, como o início e o fim, o leste e o oeste, branco como a passagem, como as mutações e as aparições, os fantasmas, o invisível, o absoluto. Ele estava lá, sempre estivera. Da cor do lírio, do lótus, dos reis, dos druidas e dos poetas. Branco como um elefante branco, pronto. Balançando-se, magnífico, para lá e para cá, mais uma vez ele chamou.

Leila sentiu frio, sentiu calor, teve vontade de se calar para sempre, sentiu-se mole como o sono, tesa como a flecha. Seu coração parou e, quando estonteada fechou os olhos, ela ouviu sereias acenando-lhe que sim sim.

Essa tontura não a deixou mais, acompanhando-a pelos dias, atravessando-lhe as noites. Não era ruim, era como uma gangorra interna e doce. Só que, assim tonteada, Leila não tinha vontade de fazer nada. Nem de ler, nem de contar estrelas, nem de desenhar o mundo como ele é, nem de conversar com sua amiga Fátima. A única coisa que queria era flutuar assim, deixar-se dormir para ter sonhos onde sereias plantavam mastros num mar absolutamente branco.

Essa urgência não mais o largou. Fincada em sua vasta memória, florescia no presente. Não era ruim, era como um galope interno e forte. Agora sabia que, em algum lugar, havia algo ou alguém mais profundo que as planícies de sua infância, mais alegre que um banho de rio, mais vertiginoso que a manada. Ele soube então que os sonhos eram indícios a ser decifrados e que encontrar esse algo ou alguém era a única coisa que importava. Só o futuro aplacaria as mordidas do passado. Então respirou fundo, provocando um turbilhão de poeira dourada, e inclinou-se um pouco de banda para ver se o sol dentro dele escorregava.

Resumindo: ela sonha com sereias e dentro dela correm rios. Ele sonha com cotovias e dentro dele arde o sol. Até onde sabemos, nunca se encontraram, mas bubuiam na mesma vertigem. Os começos são sempre sempre inesquecíveis. Depois é que vem a confusão.

A Revelação

Voltando da caça, uma noite entre as noites, o Sultão empurrou a velha porta reclamona e começou a subir a escada para visitar Leila. Ia contente da vida porque Leila tinha prometido uma história nova, com muitos tesouros e poucas princesas. Ia suspirando que já se fora o tempo em que gostava mais de princesas do que de tesouros. Ia esfregando as mãos, recordando a estupenda esmeralda enviada pelo seu arquiinimigo, o Cã dos Cãs, como prova de indefectível amizade. E assim contente, suspirando e esfregando, chegou lá em cima, no quarto onde Leila dormia e sonhava.

A lua era uma unha rasgando o céu, as estrelas estavam a postos, as rãs apostavam corrida, os camelos corcoveavam, as fontes corriam. Leila sorria para as sereias. Parecia mais magra, tinha um ar diferente. A odalisquinha abriu os olhos e o Sultão os achou mais dourados. Quando ela se levantou para saudá--lo, admirou seus gestos mais redondos, a languidez de seu andar, o tom mais rouco de sua voz. Perguntou-lhe pela história prometida. O olhar de Leila passou por muitas neblinas e ela disse:

— Xi, esqueci. Esqueci de inventar a história.

E, zonza, afundou um pouco mais nas almofadas.

O Olhinegro chegou a pensar em fazer uma cena de fúria sultanesca, mas ainda estava ofegante com a subida. Pigarreou e cofiou os bigodes para disfarçar. Leila o olhava sem ver, sorrindo. O Sultão achou-a pálida e depois vermelha, sentiu-a distante e também densa. Tomou-lhe a mão esquerda, estava queimando; segurou-lhe a destra, estava gelada. Suspirou, aliviado.

— Minha pequena odalisca, Orelhas do Oriente, está doente! Você passa tempo de mais trancada nessa torre. Precisa sair, caçar... Digo, você tem que circular mais pelo harém, ir ao hamã, encontrar suas amigas, enfim, levar uma vida normal de odalisca. Mas diga-me, Coisa Minha, conte aqui para o seu Senhor e Mestre, o que está sentindo, hmm?

Leila agradece mil vezes a atenção e diz que não sente nada. Só vontade de dormir. E, assim dizendo, sorri. O Sultão devolve-lhe as duas mãos, pondo a quente sobre a fria, e vai embora fazendo muitas recomendações: que se cubra, fique bonitinha, não fale com estranhos, não tome leite com manga, olhe primeiro para a esquerda e depois para a direita antes de atravessar... Ao fechar a porta, diz ainda que voltará no dia seguinte e quer encontrá-la bela e fagueira, com as orelhas resplandecentes e a história nova na ponta da língua.

No dia seguinte, o Sultão volta para visitar Leila. Deitada com seu colete amarelo, a odalisca tenta levantar-se para recebê-lo. Recai sobre as almofadas com um jeito distraído de folha no outono e seu olhar é um golpe verde e ouro no coração do Sultão.

Transtornado, Sua Impávida Senhoria manda chamar os melhores médicos e magos do sultanato e além para examinar a odalisca esvanecente. Os médicos apalpam, mandam dizer "aaah", tomam-lhe o pulso, fazem toc toc nas suas costas, escutam sua respiração de borboleta e franzem o cenho. Os magos examinam a palma de suas mãos, a cor de seus olhos, a borra de seu café, perguntam sobre seus sonhos e levantam os olhos para o céu. E, coisa inédita: todos concordam. Percebem logo que aqueles são sintomas característicos. Mas como dizer ao Sultão que aquele mal é de amor?

Temendo por suas cabeças, desconversam e falam de um novo vírus que grassa por aquelas plagas, uma doença desconhecida que vem do norte com febre alta no final do período. Receitam repouso, chazinhos, cataplasmas de teia de aranha míope, xarope de rubi amassado. Leila obedientemente repousa, toma chá, suporta as aranhas e engole os rubis. Mas, lá pelas tantas, médicos e magos se reconhecem incapazes de impedir que a menina se torne a cada dia mais transparente e leve, a cada noite mais ardente. Sua Imperturbável Senhoria franze o cenho, e cabeças zapt!

Dura um certo tempo esse vaivém de médicos e magos, aranhas e rubis. Tempo suficiente para que a fofoca se espalhe e todo o harém, todo o palácio e além fiquem sabendo que Leila está doente de uma doença misteriosa e o Sultão preocupado da mais profunda preocupação. E está mesmo. É só olhar para ele, ajoelhado à cabeceira da odalisquinha, acariciando devagar os longos cabelos, pedindo que por favor lhe diga o que sente. Vendo-o de bigodes tão caídos, ela faz um esforço e reflete sobre o que sente. Então diz.

Frio, calor e tal? Apesar das variantes, Sua Sagaz Majestade reconhece os sintomas e, de tanta surpresa, raiva e ciúme, sente a alma escapando-lhe pelo dedão do pé. Um sultão encolerizado é uma coisa impressionante. Ele bate os pés, agita as mãos gordinhas, geme, grita, ronca, ameaça e, sinal de grande descontrole, arranca os pelos de seu sagrado bigode. Pergunta quem é, quem é! Quem ousou, se aquele vizir, se tal eunuco? Leila, do fundo de sua febre maravilhosa, ouve os agitos do Sultão e docemente dá de ombros — daria dois pulinhos se não estivesse tão alheia. Tenta lhe dizer que não conhece nenhum vizir, que está tudo bem, que não se importa de sentir frio e calor, que a febre lhe mostra coisas lindas, que vai inventar para ele uma história cheia de sereias, que por favor não se aflija, não grite tanto e a deixe mergulhar no sono. O Sultão não se convence e fica perguntando por que por que por que ela não quer lhe dizer.

E é mesmo, por que Leila não conta logo, antes que não sobre nem um pelinho do soberano bigode? Porque não sabe, ora. Apesar de todos os livros da torre, de tanta sabedoria aprendida com as rosas amarelas e o vento nas tamareiras, Leila não sabe que está apaixonada. Às vezes é assim, quando é a primeira vez ou quando o sentimento é tão intenso que nunca foi imaginado. As palavras são coisa fugidia e marota, escorregam, se escondem e se confundem. Algumas dão medo, outras são tão raras que podem se quebrar. Ariscas, não se deixam viajar assim, e a gente nunca tem certeza de que está dando nome aos bois. *Felicidade,* por exemplo, é um boi desse tipo: muitas vezes, quando a gente lembra do nome dele, ele já se confundiu com o resto da boiada.

No caso de Leila também havia um detalhe que mudava tudo: odaliscas não costumam se apaixonar por elefantes. Nos contos de Sherazade, moças se apaixonam o tempo todo, parece até que não fazem outra coisa na vida. É só aparecer um rapaz de um certo jeito que tchabum! Provavelmente, se tivesse sentido frio e calor e todas essas coisas que já sabemos por um mancebo esbelto como o bambu, pele da cor da tâmara mais fresca, sobrancelhas que se beijam e, num cantinho dos lábios, um sinal como uma gota de âmbar, Leila teria automaticamente pensado: "Caramba, estou apaixonada!". Só que para certas pessoas as coisas nunca acontecem como acontecem com todo mundo. Não é má vontade. Para elas é natural essa tendência a fazer as coisas *assado*. O que costuma incomodar um bocado aqueles que fazem tudo sempre *assim*. Acabam complicando tudo sem necessidade e nem percebem que, juntando *assim* com *assado*, fica muito mais divertido e variado.

Mas bom. O Sultão finalmente entendeu que se tratava de amor, porém não pode imaginar tão inimaginável amor. Leila não explicou simplesmente porque não sabia: estava armado o quiproquó e lá se foi o Sultão embora, batendo a porta e gritando que não voltaria nunca mais.

Depois de uma fase tenebrosa em que cada vez que pensava "que eunuco? que vizir?" etc. mandava cortar uma cabeça, a fúria nababesca foi diminuindo aos poucos. Mesmo porque nada disso ajudava o Agitado a dormir. Havia muito que a única coisa que o fazia sonhar com os geniozinhos eram as maravilhosas histórias que Leila contava. Como ela não contava mais, o sono fugia de seus olhos para tornar-se insônia branca na noite. E se, por milagre, Sua Alerta Majestade conseguisse dormir alguns minutos, era para sonhar com orelhas que têm a forma do universo ou com o universo na forma de uma linda orelhinha.

Então, uma manhã entre as manhãs, após uma

noite particularmente longa, cansado de chutar cabeças pelos corredores do palácio, o Sultão e suas olheiras sobem o caracol da torre para ver Leila. Encontra-a lendo para os pássaros as incríveis viagens de Simbad, o Marujo, que sempre encontrava um motivo para estar pra lá de Bagdá, sua cidade natal. O Sultão chega justo na hora em que Simbad diz:

— Pois saibam todos vocês, meus amigos, que após ter retornado de minha quinta viagem, estava eu um dia sentado à porta de minha casa, em Bagdá, quando vi passar mercadores que pareciam voltar para casa. Ao vê-los, lembrei-me com felicidade do dia de minha volta, de minha alegria ao reencontrar meus pais, meus amigos e meus antigos companheiros, e minha alegria maior ainda de rever o país onde tinha nascido, e essa lembrança convidou minha alma à viagem novamente.

Ao ouvir a voz da odalisca, ao senti-la percorrer os mais profundos recônditos de seu coração de Sultão, o Onipotente mede a amplidão da saudade. Louco de curiosidade quanto ao resto da história, cai de joelhos ao lado de Leila, chamando-a "Gazela! Esmeralda! Raposa na neve! Abacaxi! Desatino do destino!", dizendo que OK, que não se importa, que ela diga quem é, que se for príncipe casa com ela, se for eunuco vira príncipe, mas que por favor ela fique boa, fique linda e deslize como antes pelos corredores do palácio. Acrescenta que assim não é possível, que suas orelhas não são mais aquelas e as rosas do quinto jardim suspenso murcham de tristeza.

Leila, de dentro de seu livro, sorri, mas não responde nada. Então Sua Sereníssima, desesperado, oferece-lhe tudo. Sem meias medidas, tudo o que ela desejar. O quarto mais luminoso do harém, as babuchas mais recurvas, o eunuco mais preto, a escrava mais branca, a pérola mais redonda, a esmeralda mais verde. "Taí, a esmeralda do meu arquiinimigo, aquela estupenda esmeralda de 7 quilos!" Leila abre a boca para dizer que muito obrigada, ela não quer nada, quando nesse exatíssimo momento barre o elefante branco. Leila estremece e solta o livro. O Sultão pergunta-lhe o que foi. Leila diz que, quando ouve esse som, sente coisas que nunca sentiu, vê coisas que nunca viu e tem vontade de dançar a dança do ventre.

Esse último detalhe foi demais: apesar do susto, que o deixou na perplexidade e no extremo limite do espanto, nada resta ao Sultão senão entender que a odalisca ama o elefante. Leila levanta-se e apontando pela janela o extraordinário paquiderme:

— Sim, uma coisa sim eu queria: aquele ser mais branco que a mais branca das escravas, mais forte que o mais forte dos eunucos, mais redondinho que a mais redonda pérola, mais surpreendente que uma esmeralda de 7 quilos, mais luminoso que... — E se cala, surpresa com o desejo confessado.

O Sultão empalidece, recorda que ganhou o elefante no dia em que conheceu Leila e pressente algum destino implacável. Ora, se tem uma coisa que sultão não admite é esse negócio de implacabilidade. Não, não! Não pode lhe dar o elefante branco. De mais a mais, é a mascote do reino. Desde que o ganhou do Rei dos Gregos, seu bigode é mais espesso, suas mulheres mais férteis e seus vizires menos gananciosos. Não. Decididamente, não pode. A esmeralda vá lá, o elefante não.

Uma segunda vez o Sultão se enfurece, grita e espezinha, diz que as mulheres são todas iguais: você dá uma esmeralda e elas querem um elefante. Bate a porta e vai embora, dizendo nunca mais.

Loucuras Grandes e Pequenas do Sultão

Desta vez, Sua Persistente Majestade empenha-se realmente em esquecer Leilas, elefantes, orelhas e histórias. Primeiro, para afogar as lembranças e driblar a insônia, tenta o truque de seu tataravô e passa cada noite nos braços de uma donzela diferente.

Após algumas dezenas de noites, tomado pelo tédio, vai dar uma volta na sala dos tesouros. Está ali, polindo melancolicamente sua estupenda esmeralda, quando refulgem na sua imaginação de sultão os tesouros de seu arquiinimigo, o Cã dos Cãs. "Ah, nada como uma guerrinha para animar um sultão", pensa o Sublime puxando o sabre e antecipando as aclamações de seu exército: "Salve, ó Senhor das vastas terras! Bravo entre os bravos! Mestre dos heróis! Soberano da vida selvagem! Salve, ó Leão do tumulto guerreiro!". Dito isso, o Espaventoso Sátrapa vai à luta.

Passa assim Sua Audaz Majestade algum tempo guerreando, e no calor da ação, no clamor dos homens e no tinido das armas, quase se distrai. Mas à guerra sempre acaba sucedendo a paz, e o Sultão acaba voltando para o palácio com menos homens e mais diamantes do que quando partiu. Ao chegar, a primeira coisa que vê é o níveo animal, brincando de esconde-esconde com os pequenos príncipes e princesas no jardim.

Resolve então mudar de tática. Deixando a distração para lá, o Sultão se dedica a atividades que favoreçam a concentração. Aprende a fazer bolos e tricô, a jogar futebol e paciência. Porém, no tricô, os dedos gordinhos e enfeitados do Sultão são um fracasso. No jogo de paciência, a sorte é um adversário imprevisível. Além do quê, insônia e ciúme são coisas persistentes. Entre um bolo de chocolate e um pênalti, ainda é em Leila que ele pensa.

Tribulações Pequenas
e Grandes do Elefante

Também é em Leila que Hati pensa. Só que ainda não sabe disso. Seus sonhos tornaram-se uma coisa suada e confusa a ser vencida. A cada noite penetra num labirinto temido e irresistível do qual desperta sabendo que terá que voltar. Cada visão é uma chave, cada personagem uma peça do quebra-cabeça que vai se montando.

Na calada da noite, quando o palácio sossega no abraço da cidade, Hati deixa o jardim e inicia a busca. Vai caminhando devagar, pisando manso como só os de sua espécie sabem fazer, sondando seu coração de elefante. Nos corredores e nas salas, nas cozinhas e hamãs, procura algo ou alguém que o espera. Pode sentir a urgência desse encontro. Se não achar a saída do labirinto, os sonhos o consumirão. Infatigável, noite após noite, Hati prossegue em sua busca. Sabe que aquele ou aquela que o espera definha, que precisa se apressar.

Na noite passada, novamente um sonho como uma lembrança. Algo sobre uma janela, uma conversa tenra e desesperada sobre rouxinóis e cotovias. Havia dois adolescentes, quase crianças, reféns de um ódio que não lhes pertencia. Não, dessa vez chegaria antes, não seria vencido por espadas ou venenos. Mas o palácio é grande, e curta é a noite nos países do Levante. Leila está na torre, fora do tempo, oculta por degraus, almofadas e passarinhos.

Antes de clarear, Hati volta ao jardim e vasculha sua mente, relacionando as informações, analisando as imagens. Procurando de noite e pensando de dia, destrinchando seus sonhos, decifrando seus desejos, o elefante branco está perto da saída, bem mais perto do que desconfia.

Visita e Desaparecimento de Sherazade

Quanto a Leila, já não pensa mais nada. Encontra-se naquele estado vago e gelatinoso, boia naquela estupidez beata dos seres apaixonados. No começo, ela bem que tentou entender, analisar e até agir, fechando a janela e puxando as cortinas. Mas amor que é amor se ri de cortinas e janelas. E no escurinho do quarto, de olhos cerrados para pensar melhor, Leila só consegue ouvir as asas palpitantes de seu coração e sentir aquela sensação líquida e ardente piscando na palma das mãos, aquela luminosidade no peito e coisa e tal.

É então que, alertada por Fátima, vem visitá-la a antiquíssima Sherazade. Não se sabe como a frágil velhinha subiu o infinito caracol que leva à torre. Dizem que seus pés não tocavam os degraus e que ela levitava, movida por suas lembranças e seu amor pela odalisquinha. O fato é que num desses crepúsculos em que o céu parece o mar, Leila viu sua mestra, Sherazade, flutuando na sua frente como a fumaça do chá bem quente. Leila abriu os braços, mas fumaça não se abraça e ela só pôde sentir um roçar de nuvens e a risada da contadora de histórias como um repicar de sininhos.

Imediatamente, a princesa se pôs a levantar livros, desenrolar pergaminhos, abrir gavetas e mapas-múndi. Leila olhava surpresa Sherazade, que ria como quem reencontra algo perdido e fazia sinais para a luz que escolhia seus mais belos matizes para saudá-la.

Quando encontrou tudo o que precisava, a princesa-trovadora desandou a fazer pipoca, batata frita, rabanada, panqueca com mel e geleia de morango, musse de chocolate e outras delícias para alegrar e engordar a pequena. Enquanto isso, Leila falava.

Primeiro, tentou contar o que estava sentindo, desse jeito arrepiado e confuso dos seres apaixonados. Mas ainda era muito recente e as palavras escorregavam. A odalisquinha embananava-se e sacudia os cabelos, porque não entendia o que acontecia dentro dela. "Claro", pensou Sherazade com seus coloridos botões, "o amor é mesmo incompreensível". Porém, sábia, apenas sorriu e disse:

— Ã-hã.

E após uma pausa estratégica perguntou:

— Então?

Entao, porque uma palavra puxa a outra, a menina se pôs a contar. Contou do tempo branco e dourado em que seu pai revelava-lhe o pulsar arrítmico dos quasares, contou do tempo nebuloso que sucedeu, em que tentava entender por quê, por que nunca mais seu pai a ergueria nos braços para fazê-la rir, por que nunca mais poderia contar com ele o número exato dos olhos da lua. Contou que até hoje não sabia falar disso, só sentia um buraco muito negro e muito fundo dentro dela, no qual tentava não cair quando passeava pelos sentimentos. Explicou como desenvolveu a tática de pensar para evitar o buraco negro. Contou do tempo de depois, quando, aprendiz de odalisca, deslizava pelos corredores do harém, e como, escorregando nos tapetes do palácio, deu de nariz nas babuchas do Sultão. Dando dois pulinhos, falou da liberdade infinita de contar histórias e como o truque de pensar deu certo no inventar das histórias. Contou das rosas amarelas, do quarto da torre, das tardes quentinhas com sua amiga Fátima e, dando de ombros, desistiu de falar de sua perplexidade quanto ao seu destino de odalisca. Seriamente, explicou que já tinha quinze anos e, rindo, confessou não saber o que isso significava. Espantou-se de ter tantas coisas para contar e espantando-se suspirou e suspirando se lembrou de que estava apaixonada por ele, que era um elefante branco.

Então, cravando seus olhos verdes nas frestas negras da princesa muito antiga, indagou:

— Como pode?

Sherazade estava na janela esquadrinhando o céu. Enquanto Leila falava, não dizia nada, apenas a encorajava com um "ã-hã" tático nos momentos mais difíceis. Quando ela perguntou "Como pode?", ouviu-se um forte bater de asas como lençóis ao vento. Dando uma última lambida na colher de pau cheia de creme de chocolate, Sherazade, com uma agilidade de gazela, passou uma perna pela janela e, virando-se para Leila, disse:

— Criança, ponha sua mão direita aí na boca do estômago... Ouça... Essa luz no corpo, essa neblina no olhar, escute... É a vida que sopra, a vida que vibra, vacila, a vida que vai, vem, voga, vira e volta, verte, vela, a vida que voa... Moça, isso parece amor. E se for amor, vocês saberão. Saberão como e saberão por quê. Ou melhor, não vão querer nem saber. Porque quando a gente ama, não pensa em detalhes, só se quer amar se quer amar se quer amar...

E dito isso, Sherazade voou pela janela, levada por uma revoada de patos verdes com laranja.

Leila precipitou-se para a janela do mundo e viu Sherazade e os patos que dançavam no éter, traçando os seguintes sinais "واما الود فهو ثبات الحب او العشق او الهوى", que como se sabe significam *amar* na delineada língua dos árabes.

Leila correu para o livro das definições, semelhanças e diferenças, aquele livrão que dá a ilusão mágica de que as palavras podem querer dizer a mesma coisa para todo mundo, e leu: "Grande mamífero ungulado, de corpo maciço e pesado, pele rugosa, com orelhas largas e foliáceas, nariz comprido transformado em tromba e com longas presas". Pensou: "Assim vai mal". Leu ainda: "Mamífero de grande porte, da ordem dos proboscídeos, família dos elefântidas". Sentiu: "Assim vai muito mal".

67

A odalisquinha soltou o livro e foi para a janela. Era aquela hora entre cão e lobo em que o dia se despede e a noite solta suas sombras, o instante arrepiado do lusco-fusco, dos desejos preguiçosos. Respirando fundo, Leila apoiou a cabeça nos punhos fechados e fitou o elefante. Com vontade, com coragem, com medo e aplicação, Leila olhou. Sob o impacto branco, fechou os olhos. Com teimosia, arrepio e temeridade, olhou de novo.

Leila olhava e fechava os olhos, olhava e fechava os olhos. Quando olhava sentia surpresa, medo, interrogação, nada, admiração. Quando fechava os olhos, a mão direita na boca do estômago, sentia-se vertiginosa, contente, grande grande, muito pequena. Quando olhava, tinha vontade de dar de ombros. Quando fechava os olhos, seu coração dava dois pulinhos. Leila olhava e fechava os olhos, olhava e fechava os olhos.

Sob o olhar de Leila, o elefante não se moveu. Ele sabia que algo acontecia, sentia uma carícia, uma brisa, uma dúvida. Quando Leila, vencida, fechou os olhos de fora para vê-lo melhor com os olhos de dentro, um estremecimento que começava nas patas dianteiras e corria pelo pescoço, a tromba, a testa, o dorso, para descer devagar pelas coxas traseiras até desaparecer na terra impassível, percorreu-o. Hati sorriu. Já não havia pressa, ela estava ali.

A Única Solução

— Entre um bolo de chocolate e um pênalti, ainda é em Leila que penso — percebeu o Sultão.

— Em Leila, suas divinas orelhas e suas soníferas histórias — lamentou-se o Sultão, andando para lá e para cá na sala dos tesouros.

— Maldito tataravô de quem herdei essa insônia branca. Desgraçado elefante que rouba o coração de minha odalisquinha que deveria ser só meu, meu e meu! — vociferou o Sultão, jogando-se num montão de rubis e safiras.

Brincando com uma adaga de prata, o Obcecado resmungava:

— Onde já se viu, apaixonar-se por aquela coisa enorme, branca e desprovida de bigodes! Maldito seja, maldito.

Brincar com arma só pode dar no que deu: sem querer o Sultão feriu-se, e foi ao ver o sangue pingando do seu dedo gordinho sobre a safira azul que ele teve a hedionda ideia.

O Ato

Na mais negra das noites, quando até a lua se escondia para não testemunhar tão abominável ato, esgueira-se o Vingativo pelos corredores do palácio. Vai andando na ponta recurva de suas mais silenciosas babuchas, com a adaga entre os dentes e uma ideia terrível no coração. Vai martelando: "Maldito, maldito... pff! Desprovido de bigodes... Minha, só minha!". E assim se esgueirando, assim martelando, ele chega ao jardim onde dorme, tranquilo, o elefante branco na noite negra.

Nem tão tranquilo... Nem tão tranquilo quando o acorda a densidade da noite sem lua. Com seu nariz móvel, o elefante procura à direita, apalpa à esquerda, investiga acima e abaixo. E de todos os lados, de todas as maneiras, o que sente é o cheiro pesado e amargo do coração do Sultão. O Sangrento Sultão que vai, que anda, que não hesita e agarra-se aos pelos, sobe pelas pernas imensas, escala o arredondado dorso. O Cruento Sultão que levanta, levanta a adaga e, prendendo a respiração... splosh!

Acredite se puder: o Insone Sultão cai como uma jaca em cima do elefante branco, assaltado por um súbito, um absoluto, um irresistível ataque de sono! Não uma simples vontade de dormir, dessas que tomam conta das pequenas odaliscas durante as aulas de OSPH.* Não, esse é um ataque de sono de séculos. O sono herdado, acumulado pelo Sultão e seus antepassados, que resolveu abater-se sobre Sua Indefectível Majestade no momento em que ele ergueu a adaga para matar.

Então o elefante, divertindo-se com as trapaças da sorte e rindo das graças da paixão, muito devagarinho coloca o Adormecido Sultão na grama, entre suas quatro patas, como numa catedral, para que não sinta frio e possa roncar em paz.

(*) Organização Social e Política do Harém.

A Transformação

Tantos sonhos represados, tantos suspiros contidos demoram e entorpecem. Por muito tempo dorme, ressona, ronca e sonha Sua Arrebatada Majestade, descobrindo as cores e os túneis, as montanhas e as quedas vertiginosas do seu mundo de dentro.

Quando o Sultão desperta nos profusos cetins de sua cama, é assaltado pelos rapapés do vizir, embaixadores e outros parangolés, que aguardavam seu divino despertar quais moscas em torno do mel. Calando-os com um gesto, Sua Descansada Majestade dita as ordens. Primeiro, manda pintar em todos os estandartes, sulcar em todas as moedas e desenhar em todos os pergaminhos sua nova divisa: "Ai, que preguiça...". Depois, convoca seus onomatomantes para que criem títulos mais adequados ao seu novo estado de espírito, coisas como: Divino Espreguiçar, Retumbante Ressonar ou Folgada Inconsciência de Tudo. Enfim, ordena que os arautos do sultanato proclamem à população que doravante terão todos que viver ao ritmo fleumático de sua Pachorrenta

Majestade. Quem for pego com pressa ou correndo será condenado a uma morte particularmente lenta.

Então, o Sibarita expulsa todos de seu quarto, dizendo que quer praticar um pouco o novo esporte nacional, e, fechando os olhinhos negros, aplica-se a não fazer absolutamente nada.

999 Vidas

Leila sentiu no ouvido um sopro quentinho como o vento no deserto. Arrepiada, fez "uuuhh". Os pássaros que brincavam de ninho em seus cabelos responderam "tchirip tchirip", que em linguagem passaral significa "o que foi o que foi?".

A odalisquinha olha para fora e nada vê. Olha para baixo e enxerga a tromba dançando branca no negro da noite. Pensa "cobra montanha mão nariz" e sorri de felicidade. A tromba se estica se estica até chegar pertinho do ouvido de Leila. Então, ela ouve uma voz como a água no deserto dizer:

— Vou lhe contar histórias que você nunca ouviu, histórias que sonhou, histórias que são suas e você não sabia. Ouça, escute, lembre-se...

E prossegue a voz soprando:

— Éramos, é claro, príncipe e princesa. Eu, um príncipe valente e generoso; você uma linda princesa. Estava tudo muito bem, tudo muito bom, e nos preparávamos tranquilamente para sermos felizes para sempre. Chegou assim o dia de nossas núpcias. Lá fora a festa já festejava, ouvia-se a batida alegre dos tamborins, o trinado das mulheres. Porém, justo quando eu ia afastar o canto direito de seu véu para olhá-la nos olhos e assim torná-la minha esposa, um gênio ergueu-se imensamente, interrompendo a cerimônia. Surgido do nada, enorme e cabeludo, babando de ódio e inveja, o gênio declarou que assim não era possível, que tanta inocência era irritante, que tamanha felicidade era insuportável e ofendia os gênios e gênias que, presos em velhas lâmpadas e garrafas, tinham que esperar a esfregação de algum idiota distraído. Assim rugiu o gênio. O mais educadamente que pude, perguntei-lhe o que tínhamos nós a ver com isso. A pergunta pareceu enfurecê-lo mais ainda. Vociferou que aí estava o egoísmo típico do amor, que nós não sabíamos de nada, que a vida não era esse mar de rosas, que ele ia nos mostrar com quantos paus se faz uma canoa e o que era bom pra tosse. Então, com seus olhos de chamas e sua voz de avalanche, falou assim:

"Eu, Abracadabra, o Horrível, em virtude dos poderes que me são concedidos pelos meus irmãozinhos gênios, meus priminhos djins, meus titios gigantes e meus avós goblins, condeno-os a vagar juntos e separados por 999 vidas. Juntos porque nem as nossas maldades reunidas podem separar definitivamente o amor verdadeiro. Separados porque isto podemos fazer: vocês vão se esbarrar sem poder se encontrar, vão se encontrar sem poder se amar, vão se amar sem poder durar. Sempre alguém ou alguma coisa virá atrapalhar, um detalhe absurdo e essencial que muda tudo e contra o qual nada se pode fazer. Um ridículo estilhaço de tempo, um ponto minúsculo que incha e se agiganta, deformado, monstruoso, devorando todo o resto. Vocês vão entender o significado da tragédia. E assim será por 999 vidas. Se resistirem a todas as tribulações, se apesar de todos os disfarces souberem se reconhecer, se seus teimosos corações ainda estiverem atraídos como ímãs, então a milésima vida os reunirá, e nós, pavorosos gênios, maléficos djins, tremendos gigantes e detestáveis goblins, estaremos vencidos e voltaremos a esperar dentro de lâmpadas e garrafas, condenados ao esquecimento, prisioneiros das ilustrações de livros para crianças". E, com uma careta que fez você desmaiar nos meus braços, Abracadabra desfez-se em fumaça preta e fedorenta. Desde então nossas histórias têm sido estranhas, extraordinárias nossas aventuras. Tudo por causa de um gênio safado, um chato de um djin, que decretou que estávamos predestinados a nos desencontrar assim.

— Caramba! — exclamou a odalisquinha. — Que coisa terrivelmente interessante! Como é que você sabe de tudo isso?

O elefante embaixo da janela riu e, rindo, soprou sem querer no ouvido de Leila que sentiu cócegas e fez "uuuhh".

— Desculpe — falou o animal maravilhoso —, às vezes esqueço que estou neste invólucro incômodo de elefante... Na verdade, fui recordando aos poucos, primeiro em sonhos. Quando você descobriu o mundo pela janela da torre, sonhei com Odisseu, o herói-marinheiro, sempre a urdir, sempre a fugir, e lembrei-me de que o amor é uma longa viagem. No dia dos seus quinze anos e da festa de apresentação, sonhei com Aquiles, que à velhice pacífica preferiu a morte gloriosa, semideus chorando como uma criança a morte do amigo, e lembrei-me de que há muitas formas de amar. No dia em que você me viu pela primeira vez, eu estava sentindo uma baita saudade da minha infância. Por ser a vida de agora, era a lembrança mais dolorosa, e a saudade me fez chamar sem eu saber a quem chamava assim. Na noite anterior, eu tinha sonhado com os adolescentes envenenados por amor e lembrado que o amor é ardiloso. Tudo isso girava e se atropelava como num pesadelo, uma febre, uma roda-gigante. Quando o sol explodiu dentro de mim e vi Ícaro, o menino de asas, furando o éter, lembrei-me de tudo. Soube assim que você estava por perto e comecei a procurar, sem saber sob que forma estaria escondida.

— Mas como me reconheceu? Por que não me lembro de nada?

— Você se lembra sim, com as lembranças do coração. A cada vez que sentiu frio e ao mesmo tempo calor, a cada vez que sonhou com sereias e teve febre, estava me mandando sinais, e eu sabia que me chamava, que nos reconheceríamos. Mesmo agora, nesta vida particularmente complicada onde tudo nos separa. Mas nem sempre foi assim. Se você quiser, vou lhe contar...

E Leila, instalando-se mais confortavelmente, pôs a mão direita na boca do estômago, fechou os olhos e deixou a voz de baixo profundo do elefante, sua voz grave, sua voz doce, sua voz milenar, subir e descer, ondular, tremer, penetrar e acordar sua memória.

Como um pintor, o elefante foi colorindo a imaginação de Leila. Como um restaurador, foi revelando as 999 camadas de sua memória, que ressurgiam uma a uma. Como música, a voz dedilhava reminiscências para que Leila recordasse.

MERLIM E VIVIANE

— Vejamos... — refletiu o elefante, olhando para a menina que, no alto da torre, a cabeça entre as mãos e os olhos cerrados, concentrava-se nas palavras que subiam até ela como, na aurora dos dias, ascendiam as preces ao coração de Alá. — Viviane não passava de uma criança mágica, límpida como a água da fonte em que se banhava quando Merlim a viu pela primeira vez. Meu primeiro presente foi mostrar-lhe como fazer surgir uma nuvem de passarinhos coloridos, lembra-se? Parecidos com estes que hoje escorregam em seus cabelos — ouviu a odalisquinha, e uma saraivada de imagens lampejou sob as pálpebras cerradas: uma árvore azul, um homem velho sentado em cima de uma macieira, um rapaz de cabelos encaracolados encostado a uma árvore e rindo, uma floresta, uma rainha, uma espada. No ouvido cabal, a voz do elefante soprava: — Meu pequeno elfo da floresta, Dama do Lago, senhora do palácio submarino...

Leila arregalou os olhos e bateu palmas de alegria.

— O Mago! Ah, Merlim, você voava, conversava com os animais, você se transformava! Eu me lembro! Você me ensinou a arte dos mistérios e dos sortilégios. Eu fui crescendo e nem percebi, porque o amor por você crescia ao mesmo tempo. Dias e noites passavam e se confundiam no espanto e na alegria da transmutação de todas as coisas. E o castelo invisível que construiu para mim no lago? Ali era o paraíso, mas você preferia o mundo, a guerra, aquela irritante távola redonda que o preocupava tanto, todos aqueles guerreiros fortes e bobos que o roubavam de mim...

Hati balançou-se num pé e no outro.

— Eu quis inventar um outro mundo, mais justo, melhor. Passei muito tempo e usei muitos dos meus poderes para forjar heróis, buscando o líder ideal, que seria ao mesmo tempo valente na guerra e justo na paz, misto de sábio e guerreiro, de filósofo e rei. Com Artur, achei que tinha conseguido. Ele era sábio, forte e calmo.

— Calmíssimo... Até conhecer sua meia-irmã Morgana — disse a odalisca, surpresa com o doloroso poder que emanava desse novo personagem e olhando em torno para certificar-se que a bela e terrível Morgana não estava no quarto da torre.

— Pois é — resmungou Hati. — Quando Artur cedeu aos maléficos encantos de Morgana, apostei em Lancelote. O Cavaleiro Misterioso, criado por Viviane no universo feérico do Lago, era veloz, íntegro, destemido, refinado. Parecia perfeito.

— O menino achado, o menino branco — disse Leila sentindo um calor gostoso no peito. — Enquanto viveu comigo, ele era perfeito!

— Aí é que está. Lancelote era o reflexo do ambiente em que crescera, um universo de beleza e harmonia onde a magia corrigira as eventuais imperfeições da natureza. Era o mais veloz porque aprendeu a correr com o vento; o mais hábil porque treinado pelos melhores guerreiros, que não lhe ensinaram outra alternativa senão vencer. Quando tinha fome, as frutas mais coloridas se materializavam ao alcance da mão; quando estava cansado, repousava no colo de uma fada. Podia enfrentar qualquer adversário, porém desconhecia as armadilhas de seu próprio coração. Quem poderia prever que nascera para amar a única mulher que lhe era proibida? Saiu tudo errado! O amigo traiu o amigo, o vassalo seu rei, pai e filho mataram um ao outro, irmão e irmã se amaram para depois se odiarem — reconheceu o elefante.

Ao sentir a aflição de Hati, Leila, que tentava lidar com a bizarra presença ausente dos personagens e desembaralhar os sentimentos ao mesmo tempo fortes e longínquos que a invadiam, voltou seu espírito para a idade das lendas:

— Abracadabra queria convencer Merlim de que nada existe além da realidade, que sonhos e pensamentos encalham nas arestas do real e são destinados ao fracasso e ao esquecimento. Se o Mago acreditasse nisso, nós não venceríamos a maldição, compreende, Hati?

— Viviane era um sonho? — soprou o elefante.

— Não sei — riu a menina. — Merlim, Merlim... O fascínio que tinha por você me tirava o fôlego, ardia no peito, eu detestava tudo o que o afastava de mim.

— E assim acabou me traindo — respondeu Hati com doçura. — Para que fosse seu para sempre, encerrou-me em seu castelo de ar, sua fortaleza de vidro. Abracadabra até começou a comemorar a vitória, acreditando que lutávamos um contra o outro.

Na janela da torre, Leila corou.

— Não me lembro muito bem dessa parte. A magia de Viviane acabou se tornando realmente mais forte que a de Merlim?

O elefante sorriu.

— A verdade, Dama do Lago, é que o que eu sentia por você me atava com mais segurança que o mais poderoso dos encantamentos. Por que deveria resistir à prisão dos seus braços, à inesgotável curiosidade do seu olhar? Você era um oásis naquele universo de homens e espadas.

ULISSES E PENÉLOPE

— Espadas... — repetiu Leila. — O relinchar dos cavalos, o choque das armas, o grito dos guerreiros. Estou vendo algo... Um homem cego. Uma cidade sitiada. Uma mulher de cabelos soltos vocifera profecias. Um ancião chora a morte de cem filhos. Um guerreiro armado despede-se de uma criança assustada. O que é isso? Quem é este homem que grita de raiva e de dor?

— É Aquiles, o semideus de pés ligeiros. Aquiles que chora a morte de Pátroclo mas já prepara sua vingança terrível. A cidade é Troia, onde tudo sucedeu. Este é o tempo mítico, o tempo violento dos heróis de perneiras. Quando os gregos partiram para guerrear os troianos, seus vizinhos, e resgatar uma mulher roubada.

— A mulher mais bela do mundo...

— Sim, Helena era como o cisne: exata e distante. E talvez não tenha passado de um magnífico pretexto. Um pretexto para a guerra, um pretexto para a poesia — empolgou-se Hati balançando-se mais rápido.

Na voz do elefante passou um reflexo de cobre e a inescrutável sombra de deuses:

— Pois cada herói que morria dava origem a uma lenda que...

— Mas eu não sou Helena! — impacientou-se Leila. — A agulha deslizava, corria entre meus dedos. Eu tecia, Deuses, como tecia! A princípio terna, enquanto o cheiro dele ainda estava no travesseiro, o calor de seu braço na minha cintura.

A voz da odalisca fez-se remota e resignada. No elefante, pulsou o retumbo de um desejo contido, de um temor obstinadamente controlado.

— Infindável tapeçaria, pois desmanchava de noite o que tecia de dia. Mas aos dias sucediam os dias e ele não voltava. Sonhá-lo noites a fio já não era refúgio mas única saída. Seu cheiro tornara-se uma recordação distraída. Eu fui essa mulher cansada de esperar. Onde estava ele? Quem era você?

O elefante ondeou, sua brancura lançando reflexos prateados.

— Eu era Ulisses, doce Penélope. Ulisses, o Inventivo, que cumpria sua função de herói executando o destino imposto pelos deuses: vagar de ilha em ilha, de perigo em perigo e arriscar o improvável canto das sereias.

Leila sacudiu a cabeça, livrando-se da melancolia de Penélope. Foi como se quilômetros de lãs e fios coloridos escorregassem de seus ombros. Voltou a ser a odalisquinha que saltitava nos corredores do harém e riu para Hati:

— Sereias, ciclope, Calipso, Circe... Já sei! Você, o herói, vive aventuras sensacionais, cumpre seu destino, realiza sua odisseia enquanto eu executo meu destino de mulher de herói: em casa, costurando e esperando um sujeito que fica dando voltas e nunca volta, não é isso?

— Cof cof... — tossiu o elefante um pouco constrangido lá de baixo. — Mas e aquela vez que...

E seguem os memoráveis amantes debulhando suas lembranças.

ROMEU E JULIETA

Enquanto isso, na rede que mandara instalar na varanda, o Inerte Sultão dorme que dorme. Nesta noite de reminiscências, o silêncio desfralda verdades primordiais e, urgente, vem bater no Sultão, que acorda. Acorda assustado, coçando o turbante, procurando na noite alta a razão de um despertar tão súbito. É então que ouve o murmurar incessante da memória que se lembra. Capturado, o Olhinegro se levanta e deixa a varanda. Atravessa salas e corredores, desce escadas e abre portas sem encontrar vivalma. Nem escravo, nem guarda, nem mulher ou vizir. É como se todos tivessem desaparecido, como se nunca tivessem existido. Na imensidão parada do palácio, o Insulado está só pela primeira vez em sua vida de Sultão. Solto no borbotar da memória que revela, no rumoroso silêncio indicando o caminho. E assim capturado, assim caminhando, chega ao jardim onde a odalisca e o elefante sondam suas recordações. Chega no exato momento em que o elefante diz:

— Esta é uma outra história. Também é triste, você não vai chorar?

"Ora", pensa o Sultão com seus anéis, "é claro que ela vai chorar. De que adianta uma história ser triste ou alegre se a gente não chora nem ri?" E o Impávido Colosso que nunca soube resistir a uma história, agacha-se atrás de um baobá para ouvir melhor, tentando enxergar a odalisquinha atrás da indubitável silhueta do elefante. Um pássaro canta, rasgando o negrume da noite. Hati pergunta:

— O que acha? É um rouxinol ou uma cotovia?

— Sei lá — responde Leila distraidamente, despedindo-se silenciosamente de Penélope. — O rouxinol canta de noite e a cotovia quando chega o dia. Deve ser um... Espere aí... Vejo um salão iluminado para um baile de máscaras. Um rapaz avança sob a luz das tochas. Olha nos meus olhos, fala comigo, me beija. Uuuh, fiquei tonta... — surpreende-se a menina, agarrando-se à hera para não cair.

— Ele também ficou — suspira Hati. — Num relâmpago, Romeu e Julieta se apaixonam. Quando se reconhecem, é tarde demais. A armadilha desta vez é que pertencem a famílias que se odeiam há tanto tempo que já não sabem por quê. Estão apaixonados e são inimigos. O que poderia ser pior do que isso?

"Balelas", impacienta-se o Sultão, "apaixonar-se por um inimigo, pff! Este paquiderme não entende nada de histórias. Ademais, Orelhas do Oriente deveria estar na cama há muito tempo. Vem chegando a madrugada ô e o sereno vem caindo", preocupa-se Sua Abnegada Majestade. Já está se levantando para interromper o colóquio quando ouve a voz de sua odalisquinha declamando:

— "O amor é a fumaça que exalam nossos suspiros. Purificado, é um fogo nos olhos dos amantes. Contrariado, um mar que suas lágrimas engordam. Uma loucura muito sábia, um fel que nos sufoca, um bálsamo que nos salva." Nada os salvará, não é? O que vem depois é pior, não é?

"Hã?", interrompe-se o Sultão, interessado.

— Bem — hesita Hati —, na verdade Romeu e Julieta casam em segredo, escondido de seus pais. Mas, pouco tempo depois, os pais de Julieta resolvem casá-la com outro. A menina corre falar com o frei que os uniu e este lhe dá o seguinte conselho: "Diga a seu pai que aceita casar-se com o tal rapaz. Eu lhe darei um licor que vai espalhar o frio em suas veias e lhe dar uma aparência de cadáver. Pensarão que está morta e a colocarão no jazigo de sua família. Mandarei avisar Romeu e estaremos ao seu lado quando acordar".

— Brr, que ideia lúgubre! — arrepia-se a menina no alto da torre.

— Eu bem que não queria lhe contar esta história. Se quiser, podemos parar por aqui — propõe o elefante.

"Ah, essa não", revolta-se silenciosamente o Sultão, "logo agora que a coisa estava começando a ficar divertida!"

Antes de responder, Leila respira fundo o ar carregado de perfumes noturnos. Pensa nas rosas amarelas e, mais tranquila, percebe o que Abracadabra quis dizer ao rogar aquela praga. O significado da tragédia! Então era esse o estratagema do gênio, era nisso que tropeçavam há 999 vidas: sempre ocorre um acaso infeliz para piorar a situação, um detalhe para causar o inelutável.

— Qual foi o acaso infeliz desta vez? — pergunta a menina, sabendo que não há como escapar da resposta.

— A carta que o frei enviou a Romeu explicando o estratagema nunca chegou. O rapaz acredita que Julieta está mesmo morta, entra no jazigo, toma um veneno e, beijando sua amada uma última vez, expira. Quando Julieta acorda e entende o que aconteceu, procura nos lábios de Romeu um restinho de veneno e, aninhando-se ao corpo ainda morno do rapaz, também morre.

"Que bela história", alegra-se o Sultão. "Acaba tão maravilhosamente mal!" E, entusiasmado, aconchega-se aos pés do baobá para ouvir mais.

ECO E NARCISO

Aconchega-se tão bem que volta a adormecer e começa a sonhar. Sonha que é jovem novamente e tão lindo tão lindo que, por onde passa, despedaça corações. Entre os quais o de uma ninfa que o persegue, suspira, geme e implora. O Melindroso faz assim com a mão como quem espanta uma mosca e acaba acertando no seu próprio nariz de Sultão. Acorda no finalzinho da história, justo a tempo de ouvir Hati dizendo:

— Estávamos mesmo numa sinuca e tanto. Narciso apaixonado por sua própria imagem. Eco, condenada a repetir apenas as últimas palavras das frases alheias, sem ao menos poder se declarar. Até que um dia, Narciso, caçando, perdeu-se na floresta. Começou a chamar: "Tem alguém por aqui?". "Por aqui!", respondeu Eco, que o espiava de trás das árvores. "Venha!", disse Narciso, que não via ninguém.

"Venha!" "Por que está fugindo de mim?" "Fugindo de mim!" "Vamos nos encontrar?" "Nos encontrar!", repetiu Eco, e veio toda contente abraçar o rapaz. Mas ele a rechaçou e fugiu, dizendo que preferia morrer. A ninfa soube então que ele não amaria ninguém a não ser ele mesmo e deixou-se definhar de tristeza, tornando-se sopro, vestígio, eco. Quanto a Narciso, acabou cravando um punhal no próprio coração. Dizem que no lugar onde o sangue de Narciso regou a terra, brotou uma flor linda. Parece que é ótima para curar problemas de audição mas que pode dar uma certa dor de cabeça — termina o elefante com uma careta engraçada.

TRISTÃO E ISOLDA

A odalisca sentara-se no batente da janela, encostando a cabeça na hera para descansar um pouco e pensar em todas as histórias e personagens que surgiam de sua conversa com o elefante. Ela tinha sido esses personagens, tinha vivido essas aventuras e, à medida que apareciam em sua memória e sobre seus lábios, reconhecia-os e se reconhecia. Cada vida que desvendavam juntos, aproximava-a de Hati, torna-va-o íntimo, conhecido, tão diversamente amado. Leila fechou os olhos e pontinhos prateados dançaram na escuridão, qual o reflexo da lua sobre o mar escuro... E eis que, sobre o mar, surge um barco sem vela. E, dentro do barco, um homem desacordado. Ainda de olhos fechados, a menina murmura deslumbrada:

— Tristão! O homem do arco e da espada! Tristão que imitava o canto de todas as aves e da harpa sabia todas as notas. Quanto prazer e quanta dor passamos juntos! Este é o tempo das maravilhas, a lenda de amor e de morte.

— Cheguei no seu país mortalmente ferido. Acordei da febre com um perfume de trigo maduro, de ervas e de sol. Quando abri os olhos, entendi que aquela fragrância maravilhosa escapava da cabeleira loura da jovem que se inclinava sobre mim. Nunca vira alguém tão clara, tão luminosa. Parecia que eu estava numa bolha de sol. Era Isolda.

Leila abre os olhos.

— Duas vezes salvei-o da morte: a lança e o dragão. De tanto curá-lo, de tanto salvá-lo, de tanto procurar nos olhos cinza sinal de melhora, de tanto afastar da testa suada os cachos negros, Isolda se põe a amar Tristão.

— Ué — se agita o elefante lá embaixo —, como assim "se põe a amar"? E o filtro?

— Filtro? Que filtro?

— O filtro de amor! Lembre-se, estamos no barco que leva Tristão e Isolda para a terra do rei Marcos, com quem Isolda deve se casar. O tempo está abafado, o ar parado, sem brisa. O barco balança devagar e todos cochilam, vencidos pelo calor. Isolda pede um refresco. Porém, o que lhes é servido, por acaso ou por querer, não é água nem vinho mas um filtro de amor preparado pela mãe de Isolda para unir sua filha a Marcos. Junto com o líquido uma terrível paixão começou a correr em nossas veias.

No alto da torre, Leila estremece. Volta a sentir o fogo líquido em suas veias, o olhar embaçado que não vê nada a não ser Tristão, o desenho de seus ombros, o sopro de sua boca, a forma de suas mãos. Ardem os amantes, tornando-se o encontro feroz, delicioso e violento, dos quatro elementos que formam o mundo. Mas Isolda está casada com Marcos. O rei é ciumento e seus barões covardes. Enviadas pela memória, imagens se sucedem diante de Leila: Tristão fingindo-se de mendigo e de louco, fantasiado de malabarista e de leproso; Tristão dando saltos abissais, escondendo-se sob escadas, Tristão lutando, Tristão renegado, Tristão imensamente amado. "Sim", medita Leila, "com ou sem filtro, não podíamos viver afastados nem morrer separados..."

— ...pois, separados, não era vida nem morte, apenas morte em vida... — completa devagar Hati.

Lendo na noite as imagens que correm na mente de Leila, o elefante continua:

— Tristão está deitado sobre uma cama, transtornado pelo sofrimento em sua carne e em sua alma. Olha desesperadamente para o oceano cruel que é ao mesmo tempo o obstáculo e a ponte entre os amantes. Tristão espera Isolda. Espera uma vela branca pois o combinado era que, se Isolda estivesse no barco, içaria uma vela branca e, se não estivesse, a vela seria negra.

— Era branca! Eu estava no barco, ia ao seu encontro! Mas quando cheguei, você já estava... Ó, Hati... — geme a odalisca. — Hati, o que aconteceu? — grita, debruçando-se para enxergar melhor.

Hati balançou-se um momento em silêncio.

— Fui enganado, disseram-me que a vela era negra. Tristão morre sem ter revisto Isolda. Então, porque nem na morte poderiam estar separados, Isolda abraça Tristão e, cobrindo-lhe para sempre o rosto com a cortina de seus cabelos, também para de respirar — murmura o elefante.

Mas, sentindo a tristeza de Leila, pergunta:

— Lembra-se do final da história? Os amantes foram enterrados lado a lado. Dizem que, à noite, do túmulo de Tristão, uma roseira cheirosa brotou sob a lua e mergulhou na terra onde repousava a loura rainha. Marcos mandou cortar a roseira. No crepúsculo seguinte, a roseira voltou a brotar. Três vezes o rei mandou cortá-la e três vezes ela voltou. Até que, finalmente, Marcos desistiu. E assim o gênio soube que mais uma vez tinha perdido a partida. Esse amor foi mais forte que a morte.

A odalisca e o elefante calam-se, desanimados com tantos desencontros. Aturdidos pelo implacável desastre que os assola há 999 vidas, por um momento esquecem que essas histórias pertencem ao passado. De repente, Leila ouve um barulhinho, um lamento, um resfolegar. Será Hati chorando?

— Não! Não é ele, sou eu... Eu, seu Senhor e Mestre — balbucia o Sultão saindo de trás do baobá. — Buá, buá... — desmorona o Ilacrimável, encostando-se no elefante. — Chega! Eu ordeno que parem! Snif, não aguento mais tanta tragédia! Não tem mais graça. Cadê esse gênio caviloso? Tragam-no aqui, eu mesmo vou cortar sua cabeça — funga o Pai de Todos desembainhando o sabre... — Buá...

A odalisca e o elefante passam algum tempo acalmando o Terror da Nação, que só sossega quando o elefante o pega em sua tromba, como num balanço, e canta "dorme-sultão-kiakukavem". Quando o Invencível, chupando a pontinha de seu turbante, volta a adormecer, Hati o ajeita gentilmente aos pés do baobá e, a convite de Leila, prosseguem a sabatina.

ÍCARO E O SOL

A odalisca e o elefante recordam então como, ao perceber que apesar dos pesares ainda se encontravam, Abracadabra inventou amores mais abstratos, fazendo-os, por exemplo, Sol e menino. Ou menino e Sol... Pois nem sempre tinham claro quem era quem e já não se detinham nesses detalhes.

Fato é que, um dia entre os dias, cumpria o Sol sua rota diária no éter límpido, aquecendo com seus raios a terra azul como uma laranja, quando viu um menino de asas subindo em sua direção. Ofuscado pelo brilho do astro, atraído pelo seu calor, golpeando o céu, ele vinha. Mas as asas eram de mentira e o calor derreteu a cera que colava as penas. O Sol, redondo e mudo, nada podia fazer. Não podia falar, não podia esfriar nem se apagar. Estava lá parado, atraindo Ícaro, que subia cada vez mais alto. Nada pôde fazer senão vê-lo cair, rodopiando como um pião, tornar-se azul no azul do mar.

Hati fez assim com a tromba para mostrar como Ícaro rodopiava. Ao girar, a tromba emitiu um som. Um som puxando outro, Hati começou a assoviar.

ORFEU E EURÍDICE

Era um som alegre, um som triste, uma música de antes das palavras. Quem ouvia, tinha a sensação de ser apanhado num lugar muito escuro e profundo e ser levado aos poucos para a claridade. A música que saía da tromba de Hati era o cheiro que sobe da terra depois da chuva, a queda que precede o sono, a água fresca que desce na garganta, o rebentar de uma árvore, a orla de uma voragem.

— É a música de Orfeu — murmurou Leila, emocionada.

— Sim, Eurídice, é a música de Orfeu. Ai, esta história me deixa tão melancólico — acrescentou o elefante, cabisbaixo.

— Por quê? Orfeu não amava Eurídice que amava Orfeu?

— Amava.

— Estava tudo bem então?

— Estava. Até o dia em que Eurídice foi mordida por uma cobra e morreu.

— Oh, não! — disse Leila, debruçando-se para se certificar que Sua Majestade estava dormindo. — E aí? Pronto, acabou a história?

— Não sei, deu branco.

— Cante mais um pouco, talvez eu lembre de mais alguma coisa.

Hati cantou e, para ouvi-lo melhor, os baobás entortaram-se em direção à janela da torre. Estão lá até hoje, tortinhos de uma banda só. Leila fechou os olhos, deixando que a música invadisse os mais secretos desvãos de sua memória, levando-a para um lugar de trevas profundas. É o reino de Hades, o tenebroso deus do mundo subterrâneo, onde não há sol, música, pássaros ou rosas; onde passeiam os mortos, silentes e frios, saudosas sombras do que foram em vida.

Nesse lugar inóspito, soam, repentinos, os acordes da lira de Orfeu. Inconformado com a morte de Eurídice, ele descera ao quinto dos infernos, realizando o que mortal algum ousara. O músico canta seu amor por Eurídice, sua solidão, sua saudade, e pede permissão para levá-la de volta. Hades aceita, impondo uma única condição: "Orfeu, não olhe para trás! Eurídice vai segui-lo, porém, enquanto ela não estiver sob a luz do sol, não olhe para trás, senão a perderá para sempre".

— Você olhou? Mas ele tinha avisado! Por que você olhou?

— Estávamos andando por um longo túnel sombrio — explicou Hati agoniado. — Eu ia na frente, tangendo a lira para afastar as sombras. À medida que nos aproximávamos da saída, a escuridão esmaecia. Mais um passo e penetraríamos na luz do dia. Foi então que deixei de ouvir seus passos atrás de mim. Meu coração parou, meus dedos gelaram sobre as cordas. Não pensei em mais nada, precisava vê-la, virei-me. Cedo demais. Por um segundo ainda a vi na luz indecisa. Abri os braços, mas Eurídice já se tornava sombra entre as sombras. Muitas vezes, tudo dava errado no último instante.

— Quer dizer que se Orfeu não tivesse olhado para trás, se Tristão não acreditasse, se Romeu esperasse mais um pouquinho, se Narciso não encontrasse o espelho... Será o destino esse detalhe absurdo que muda tudo? O frêmito de um olhar, a cor de uma vela, um descompasso, um reflexo na água...

A ODALISCA E O ELEFANTE

Hati, que não tinha resposta precisa para essa pergunta, permaneceu calado. Seu amor pela odalisquinha, reafirmado a cada obstáculo vencido, era um feixe de cores vibrando dentro dele, um estourar de pipocas transbordando a panela, uma dor de sol morrendo. Ele sabia que esse amor transformava tudo à sua volta, o que havia acontecido e aquilo que estava por vir. Mas Leila precisava entender isso sozinha. Retomou devagarinho:

— Veja, nessa mesma série, Abracadabra achou por bem fazer-me elefante branco e você odalisca. Que amor poderia ser mais impossível do que esse? Mas foi uma bobagem genial porque, primeiro, quanto mais impossível mais dá vontade. Segundo, ele não pensou que o elefante é o mais forte e o mais sábio dos animais. Terceiro, ele esqueceu que elefante tem memória pra chuchu. Quarto, ao me dar esta forma e esta natureza, colocou-me sob a proteção do deus com cabeça de elefante que vem a ser muito exatamente Senhor dos obstáculos e Deus dos começos. Sem querer fez-me sábio, recordador e persistente. Depois, nem ele podia prever o imprevisível: que suas orelhas encantariam o Sultão, que o sono seria nosso aliado, que para além de todas as aparências, do medo e do cansaço, apesar de tanto passado, por causa de tamanho futuro, nós ainda nos reconheceríamos.

— E agora? — pergunta Leila.

— Agora — sussurra lá de baixo o anamnésico elefante —, agora resta escrever o final da história.

— Puxa... — disse Leila. E calou-se, assombrada, tudo parecendo tão impossível.

A noite estava passando, já recolhia suas sombras como vestes cansadas. As estrelas adormeciam ao som das histórias da odalisca e do elefante. Os sapos sonhavam, as fontes estavam quietas. Era aquela hora imóvel e tranquila em que a lua chega para lá e o sol para cá. A hora da passagem, a espera do momento em que as cores voltam para a terra e os homens, sacudindo a poeira dos sonhos, abrem os olhos.

Leila deixou seu olhar percorrer o céu, viu a lua

escorregando para o sul, as estrelas apagando-se uma a uma. Nesse momento, o Sultão roncou e a menina teve vontade de rir. E se não fosse tão fatal?, pensou. Se cada morte fosse apenas a oportunidade de uma outra vida, uma nova aventura, um atalho diferente para o mesmo caminho?

— Só o futuro pode ser perdido — gritou ela para Hati —, o passado nós já temos! O amor transborda as histórias e o universo!

— Como? — sorriu Hati.

— O que acontece quando um elefante memorável encontra uma odalisca fera em matemática? Você sabe — ria a odalisca —, eu gosto mesmo é de contar histórias. Aprendi com meu pai, que dizia que se conseguisse conjugar sua aptidão em sonhar com sua capacidade de fazer cálculos, um dia o homem comeria tâmaras na lua! Veja bem: se contei direitinho, estamos na vida $n^{\underline{o}}$ 999. Noningentésima nonagésima nona, chama-se. Quer dizer: se resistirmos a esse finalzinho, na próxima nos encontraremos pra valer, sem nada nem ninguém pra atrapalhar. Ó Hati, já pensou? Só mais uma vidinha de nada e poderemos nos amar. Seremos novamente você príncipe e eu princesa, ou você princesa e eu príncipe, ou você a goiabada e eu o queijo, você o horizonte e eu a linha, eu a janela e você a casa, você o cavalo e eu a cavaleira, você o cavaleiro e eu a espada, eu a gema e você a clara... Não importa, porque quando a gente ama, não pensa em detalhes, só se quer amar se quer amar se quer amar...

E, assim dizendo, a odalisquinha passou uma perna pela janela e depois a outra e foi escorregando pela tromba do elefante até chegar nas costas dele.

Nesse momento, o Sultão abre um olho e vê a odalisca e o elefante no jardim. O Indolente olha para Leila, seus cachos, suas babuchas, a rosa amarela em seu colete. Olhando com calma, Sua Transformada Majestade percebe sua loucura. Sentindo de pertinho, o Sultão entende a vaidade do ciúme, o perigo da possessão, a solidão do poder. Sua Aliviada Majestade finalmente compreende que, no fundo, na superfície e em todas as camadas intermediárias, a única coisa que importa é sentar-se de pernas cruzadas em frente a Leila e, com a mente quieta, a espinha ereta e o coração tranquilo, contemplar suas orelhas que, mais do que nunca, sussurram o mundo como ele deveria ser. E feliz da mais rejubilativa felicidade, o Sultão, que agora sabe o caminho, volta a adormecer para continuar sua última proeza onírica, na qual, jovem Varão Absoluto, persegue num campo de lótus brancos uma gazela delgada de olhar verde mais afiado que gume de sabre.

Então o elefante branco barriu e levou Leila para um passeio, um passeio grande, um passeio pequeno, até a próxima esquina, a próxima vida, longe muito longe mas bem dentro, aqui, onde o tempo dá a volta, ali...

E, assim passeando, assim se aproximando, iam se declarando, dizendo incansavelmente um para o outro na estranha língua dos amantes: cobra mon-

tanha borboleta nariz sereia tapeçaria torre banho
de rio roda-gigante távola redonda unicórnio chuva
vento espada gazela garrafa ao mar proboscídeo geleia de morango rocamadour caminho vinho vício
início você você você você...

Nenhuma história é uma ilha.
Toda história ecoa outras, ouvidas, lidas, sonhadas.
Enquanto escrevia esta, vinham-me naturalmente
na cabeça, nos ouvidos e sob os dedos
trechos de letras de música, de poemas,
romances, peças de teatro.
Acho que vinham conversar com a odalisca e o
elefante, saber como se sentiam.
As histórias precisam umas das outras.
Parecia tudo tão natural e estava tão bom que achei
que podiam ficar, do jeito que vieram, literalmente ou
de memória, às vezes um pouco alterados.
Acontece que esses poemas, textos e letras,
que parecem ser de todos,
foram criados por pessoas muito específicas.
Queria agradecer especificamente a esses criadores
pela felicidade e alegria que generosamente soltam no
mundo e pedir licença para o empréstimo.
Obrigada a Cartola, Caetano Veloso, Chico Buarque,
Roberto Carlos, Djavan, Gilberto Gil, Tim Maia,
João Bosco, Noel Rosa de Oliveira e Zizuca,
Ibn'Arabî, Paulinho do Reco, Sueli Costa,
Walter Franco, Mário de Andrade, Jorge Amado,
Beatles, Miguel Ángel Asturias, Patrick Chamoiseau,
Julio Cortázar, Charles Morgan, Paul Éluard,
Jacques Roubaud, Shakespeare, Virginia Woolf,
John Donne, Hesíodo, Ovídio e Sherazade e Homero e...

P. A.

ESTA OBRA FOI COMPOSTA PELO ACQUA ESTÚDIO GRÁFICO
EM NEW BASKERVILLE E IMPRESSA PELA GEOGRÁFICA
EM OFSETE SOBRE PAPEL PÓLEN BOLD DA SUZANO S.A.
PARA A EDITORA SCHWARCZ EM AGOSTO DE 2021

A marca FSC® é a garantia de que a madeira utilizada na fabricação do papel deste livro provém de florestas que foram gerenciadas de maneira ambientalmente correta, socialmente justa e economicamente viável, além de outras fontes de origem controlada.